薛忆沩◎著

薛忆沩
对话
薛忆沩

"异类"的文学之路

华东师范大学出版社

目录

为了梦中的橄榄树(代序) / 001

薛忆沩采访薛忆沩 / 001

面对卑微的生命 / 011

"我的一生终将是这种苛求的祭品" / 046

在语言中寻找自己的天堂 / 056

与薛忆沩谈《流动的房间》 / 066

对话薛忆沩:从这一"步"到下一"部" / 077

长跑和长篇:身体与精神的韧性 / 085

"最迷人的异类" / 093

"异类"苦修成的"正果" / 107

"精细的写作成了我反抗异化的主要手段" / 115

"朗读是我验收自己写作的方式" / 127

"写作就是我的宗教" / 135

"'个人'是我所有作品的主题" / 140

八十年代的精神状态 / 148

一座城市的"必读书" / 153

"写作是最艰难的人生冒险" / 159

"文学永远都只有一个方向" / 166

对美感和诗意的向往 / 175

"先锋注定是孤独的" / 182

"创作让我贪享精神的自由" / 185

需要我们"精益求精"的事业 / 193

对深圳"一见钟情" / 202

从《遗弃》到《空巢》：一条奇特的文学道路 / 210

现实与历史的"空巢" / 222

社会事件如何升华为小说艺术？ / 230

关于我们的父母，我们到底知道多少？ / 239

《空巢》：八十年历史的"心传" / 248

"留在一个民族心灵上的伤痕" / 256

写作是一种感恩 / 263

"理想主义是文学的基本特质" / 270

文学的根基 / 276

为了梦中的橄榄树(代序)

我于上个世纪的最后一年,也就是我的处女作发表十二年之后,开始接受关于文学的采访,至今已经有将近十六年"被采"的经历。

我的大部分访谈都是根据文化记者提供的采访提纲"写"成的,也就是说,它们都是经过深思熟虑的书面文字。为了文本的连贯、清晰和全面,我还经常会需要增减采访提纲的内容,调整采访提纲的结构,甚至润色采访提纲的语言,以增加问题与回答之间的张力。因此,我一直将这一部分访谈视为是自己的"作品"。它们的完成过程与我其他作品的创作过程有不少的相似之处。

这些"作品"中有不少的名篇,如《面对卑微的生命》、《"写作是最艰难的人生冒险"》、《"文学永远都只有一个方向"》等。就像我的其他作品一样,这些"作品"不仅是我个人文学道路上的坐标,也为一代人充满理想主义色彩的精神追求提供了见证。

收集在这里的访谈作品大都是我的"原作",与媒体上经过删节和编辑之后发表的版本有程度不一的出入。而为了这一次结集出版,我一如既往,又对每一篇"原作"进行了重新的梳理。

我将近三十年独立于主流和正统的文学道路是一条从没有人走过的路。我总是说,文学不是我的选择,而是我的宿命。但是,在整理这些访谈作品的过程中,我还是忍不住会不断责问自己:为什么要如此孤独?为什么要如此抗争?为什么要如此殚精竭虑?为什么要如此含辛茹苦?……从我们那个年代的流行歌中借用的这篇短序的题目就是我对所有这些责问的回答。

如果我能够选择,我肯定,我还是会选择悲天悯人的文学。

薛忆沩

2015年1月8日于蒙特利尔

薛忆沩采访薛忆沩

> 1999年9月10日下午2点,薛忆沩在深圳文华花园景华阁一间简陋的房间里采访了薛忆沩。我们之间隔着一面稍带油垢的镜子。我们的交谈进行得非常流畅。

薛忆沩,我注意到最近这一年来,你的作品引起了媒体和读者的关注。但是,你并不是突然冒出来的"新人",对你的第一轮关注其实发生在九十年代初期。你能够谈谈你自己的文学经历吗?

我的文学经历有时候会令我自己非常泄气。我走的是"较少人走的路"中更少人走的路。我的所有作品总是与"时局"关系紧张,发表起来都很不容易。中篇小说《睡星》是我的"处女作"。它完稿于1986年1月。它开始被当时很有影响的《中国》

杂志接受,但是,那家杂志后来因为"自由化"而被迫停刊。一年之后,《芙蓉》杂志准备将它刊出。可是,北京突然爆发了规模不小的学生运动,它再一次失去了出版的机会。1987年8月,小说由思想解放的《作家》杂志以头条刊出。那被许多人看成是我文学生命开始的标志。其实我更愿意将自己文学的起点定在1988年夏天以不可思议的速度和耐力写出的长篇小说《遗弃》,以及1989年春节前夕,也就是《遗弃》完成不到半年之后,我写出的第二部长篇小说。《遗弃》于1989年3月顺利"自费"出版,而后来定名为《一个影子的告别》的第二部长篇小说历经坎坷,至今仍不能出版。1990年12月,台北的《联合文学》和广州的《花城》杂志同时发表了我的中篇小说《一九八九年十二月三十一日》。《联合文学》杂志将它作为当期唯一的"小说精选",在封面上推荐。而《花城》杂志也将小说题目列在封面的要目里。半年之后,我的名字出现在《收获》杂志上,这是当时的文学青年"前途无量"的标志。很快,当年的台湾《联合报》小说奖揭晓,我的微型小说《生活中的细节》与王小波的长篇小说《黄金时代》一起得了奖。

在那之后,你突然就从文学的视野里消失了……

那是被迫的消失,正像红军长征一样。原因与我的中篇小说《一九八九年十二月三十一日》有关。有人称那篇小说是"一个敏感年份的抒情诗"。但是,它明确的时间标志和情绪指向让我和发表我作品的杂志都遇到了很大的麻烦。"前途无量"的文学青年前进的道路突然间就被堵死了。我的第一次文学生命在极度恐惧和绝望的状态中结束。这文学生命仅仅维持了四年。它的结束当然应该定性为是夭折。

可是经过六年的消失,你居然又"回来"了。这是生命的奇迹。你的那篇题为"重返文坛"的短文给我留下了很深的印象。

是的,六年过去了……那篇短文同时发表在《深圳商报》和台湾《联合报》上。那是我为自己吹响的冲锋号。我的"重返"其实早在短文发表之前就已经开始。1996年7月,《湖南文学》杂志发表了我的一组小说,其中题为"走进爱丁堡的黄昏"的一篇是我搁笔六年之后的新作。这次发表可以看作是我的第二次文学生命的开始。这一次,我很清楚自己行囊的重量和价值。我感觉自己很像是《百年孤独》中那位死而复生的吉普赛浪人梅尔基亚德斯。

"重返文坛"并不是一个准确的说法,因为你从来都不属于文学界。

你说得很对,我过去和现在都不属于文学界,将来也不会有那种归属感。除了在属于文学界的杂志上发表作品以外,我没有参加过任何官方文学组织的活动。准确地说,在消失六年之后,我是重返"文学",而不是重返"文坛"。

《遗弃》的发现当然是这次重返中最引人注目的事件。

是的,从1997年底开始,沉寂了将近九年的《遗弃》突然被几位国内知识界的知名学者注意。他们在北京、广州、香港等地很有影响的报刊上撰文评价和推荐这部作品,完成了我戏称为"世纪末的知识考古发现"。这成了中国的一个文化事件。经过将近九年的考验,《遗弃》像它的作者一样获得了第二次生命。它的修订本上个月出版并且迅速销售一空。《遗弃》的新生真是让我感慨万千。我记得卡尔维诺曾经说过,十年是对人写作才能的考验期。如果一个人写了十年,还能写,还在写,他就是一个注定的写作者。卡尔维诺的这种"算术"正好能够让我对号入座,对我是一种极大的激励。

一本书也有自己的生命期。你估计《遗弃》的生命会有多长?

这很难说。我当然希望它走得更远。我希望有更多的读者能够读到它,有更多的学者能够研究它。《遗弃》可能是一部需要被不断发现的作品,它里面隐藏着关于生命和写作的许多奥秘。

除了《遗弃》之外,你的短篇新作更是让你的重返充满了活力。

是的,从这一批新作里可以看出我写作的多样性。《出租车司机》写现代人日常生活的凄凉;而《历史中的转折点》是一个以北伐为背景的故事,写个人在历史中的无奈;《两个人的车站》由发生在巴黎、北京、伦敦和东京的四个故事组成,表现死亡、爱情和信仰在时间中的变迁;《流动的房间》通过爱情和欲望的不同形态来追寻个人与城市和历史之间的关系;还有《广州暴乱》,一个十六世纪的悲剧,关于权力和恐惧;还有《深圳的阴谋》,又回到了现代,表现人对爱情和记忆的狂躁……这些都是短篇小说。我对自己的写作非常苛刻,短篇小说正好满足了我的这种"病态"心理。我喜欢用不大的篇幅去审视很大的问题。我的作品总是在表现历史的荒谬和生命的复杂。

你刚才的这句话总结了自己的写作风格。

我认为小说要去揭示历史的荒谬和生命的复杂。在我看来,这就是"小说的使命"。小说应该通过灾难性的生活细节、简洁又紧张的语言手段以及狡黠和逻辑的叙述策略来完成这一使命。我想做的与我能做的之间还存在着巨大的差距。我知道，只有不断地付出时间，不断地付出努力，才可能不断地缩小这种差距。写作是需要用一生来专注的事业。

有人说你的作品太理性，你怎样回应这种说法？

我受过自然科学和社会科学的双重训练，我喜欢学习西方的语言，我在大学里任教，我十二岁就读过列宁的《唯物主义和经验批判主义》……"理性"当然会成为我的特点。但是，认真的读者很容易在我冷静的叙述中体会到情感的细腻和热烈。我是一个极度敏感的人。我的每一篇作品同时又都是我的这种敏感的见证，充满了脆弱的感性。

我同意你的这种自我评价。我想这种理性与感性的交织也是你的作品能够获得台湾文化人认同的原因。

在重返的途中，台湾的《联合报》副刊给了我很大的支持，我投寄过去的所有作品都被刊用，其中包括大陆的报刊不敢刊用的《不肯离去的海豚》。我的作品也首先是在台湾被译成英文的：《与狂风一起旅行》的英译，刊登在齐邦媛女士主编的杂志上。还有，香港的《纯文学》杂志去年以来也在不断登出我的作品。在大陆，对我的重返给予最大支持的是《天涯》杂志。

你对自己的这第二次文学生命有什么期待吗?

发表的艰难不能扼杀我写作的激情,却扼杀了我对文学生命的许多期待。《遗弃》出版将近九年之后才被社会注意,而紧接《遗弃》之后完成的第二部长篇小说至今都不能出版(尽管这部小说的评论都已经在香港的学术杂志上发表),我还能期待什么呢?或者说,我有对创作本身的期待,却没有对"市场"的期待。我期待着能够在这来之不易的第二次生命中创作出令自己满意的作品。我肯定会写到生命的最后一刻。曲折和坎坷的道路磨练了我的耐力。我有时候会感谢自己好文学的"坏运气"。

你经常强调自己是个人主义者。个人主义对写作很重要吗?

我从来没有参加过作家协会,也从来没有参加过官方组织的文学活动,也很少与文坛里的人物来往。我相信文学是个人的事业,是孤独的事业。就像独立的意志和自由的精神一样,孤独也是艺术家保护精神世界的"铜墙铁壁"。

你还是一个悲观主义者。

是的。我从小就对历史和科学有浓厚的兴趣。而这两方面的兴趣让我很早就看到了暴力给人类生活带来的灾难。历史在不断地重复非理性的暴力(如战争、专制等),而科学的许多成就最后会演变为理性的暴力(如原子弹、敌敌畏等)。历史与科学好像在用不同的语言创作同一部悲剧。它会将人类引向何处?我的许多人物也都是悲观主义者。他们对生活的悲观看法经常会令我震惊。在短篇小说《两个人的车站》的结尾处,叙述者说:"生活是最真实的赝品。"这是多么深刻的绝望啊。

让我们躲开这种绝望吧。你喜欢哪种类型的作家和作品?

我喜欢表面很冷,里面很热的作家和作品。最近在读的博尔赫斯和纳博科夫都属于这种类型。

你拥有复杂的学历,在中国的小说作者中,你是一个罕见的例子。

我在本科阶段就读于北京航空学院(现在的北京航空航天大学),专业是计算机科学与工程。而我的博士学位完成于广州外国语学院(现在的广东外语外贸大学),专业是语言学与应用语言学。复杂的教育背景对我的文学创作有复杂的影响。

《遗弃》的主人公是一位"业余哲学家",你自己现在也是用业余时间从事写作。你能谈谈现在的本职工作吗?

我现在是深圳大学文学院的教师,主要上写作课,有时候也教一点文学理论。我以前一直是做不好(不能也不愿做好)本职工作的人,但是这一次,我做得很好。我相信我的课给学生们带来了多方面的启发。我还有机会开了一个学期符号学的课。这让我很开心。我曾经非常着迷符号学,总是盼望着有机会能够在那个领域里做点什么。

在你游历过的西方城市中,哪一座城市对你的文学最有影响?

莫斯科、伦敦、爱丁堡、巴黎、阿姆斯特丹、波恩、旧金山……最令我着迷的还是爱丁堡。前面讲过,《走进爱丁堡的黄昏》是标志着我重返文学的第一篇作品。也许可以说,我的第二次文学生命就诞生于爱丁堡。

而深圳是你现在的居住地,你的第二次文学生命在这里发育成长。你对这座城市应该有特别的感情。

谁都知道深圳是一座时尚又浮躁的城市,对我来说,这不是这座城市的坏处,而是好处。一座时尚和浮躁的城市是不需要写小说的人的,所以写小说的人也不会受到太多的打扰。在深圳，我可以安心于自己的冥想，安心于自己的孤独，安心于自己的写作。这些年来的作品就是我与这座城市感情的见证。

后记：

　　这是我有生以来"接受"的第一次采访。它"自言自语"的特殊形式决定了我随后一些访谈的性质。这次采访的原稿曾经在《万科周刊》1999年第18期和香港的《纯文学》杂志2000年第2期上发表。

面对卑微的生命

1999年8月,薛忆沩的长篇小说《遗弃》再次出版,并被评论家艾晓明收入由她主编的《边缘文丛》。《遗弃》1989年3月由湖南文艺出版社首次出版。在长达十年的时间里,薛忆沩称这部小说只有十七个读者。但是,读过这部小说的周国平、何怀宏、艾晓明等人都给予小说很高的评价,强调它不同凡响。艾晓明甚至指出,不关注这部小说,我们对世纪之交中国文学生活的了解将是极不清晰的。

在这个注重新闻性、轰动性的年代,薛忆沩与他的小说《遗弃》似乎注定无法进入一般读者的视野。如果他们有机会了解这个人的见解,隔膜或许不仅不会消除,反倒会进一步加深。因为他的观念跟我们多数人的观念都不一样。我选择他作为一个谈话的对象,并不想为那些急于下判断的人们提供一个说对说错的机会。我只是想让这个人呈现。这是一个跟我们生活在同一个时代、同一座城市的人,但是他跟我们如此不同。他的经历和意见,对他的文学创作固然是一个直接的说明,对一般人的生活其实也提供了一个有价值的参照系统——差异就是光芒,照亮我们平常看不见的暗处。

2002年1月,一个周末的下午,我们如约在深圳书城边上的那个汽车站见面。然后我们横过天桥,走进一家酒吧,找到一个光线黯淡的角落坐了下来。这个地方几乎听不见背景音乐。一对男女坐在不远的地方。服务员不时地走过来往杯子里加一点白水。谈话就这样进行。

你能首先谈谈最近的生活吗?

从1997年7月以来,我每天的绝大部分时间都给了我的儿子。我既当他的父亲,又当他的母亲,还经常要兼职做他的同伴。以前他去上学之后,我还能够得以"稍息"。最近,他不去学校了,我不得不做更多的兼职,兼职做他的老师和同学。所以,最近连"稍息"的机会也没有了。

这听起来好像并不是怨言。

是呵,生活其实就是命运。卑微的命运。它应该早在基因图谱中就已经确定下来了。我只是在身心极度疲惫的情况之下才会对这种生活发泄一下不满。更何况,这种生活还有积极的一面,它给我提供了一个可重复使用的借口:我总是用它来拒绝嘈杂和肤浅的应酬和会议。"哎呀,不行呵,我儿子……"这样简单的半句话让我推掉过无数的"局",各种各样的"局"。从这个意义上说,我的儿子为我的生活减了负。

你刚才说他现在不去学校了?

是的,从去年6月开始他就没有上学了。没想到这么快,都已经七个月了。

这是你的安排,还是他自己的选择?

是他自己的选择。有一天,他从学校回来之后对我说:"爸爸,我不想去学校了。"我对学校的教育也早有不满,所以没有多问原因就纵容了他的想法。事实上,我开始以为他只是一时冲动,过几天就会反悔。没有想到他根本就没有反悔的意思。这样,一场全面的复辟开始了:我这个大学老师开始对自己的儿子施行"私塾"教育……这种教育的优点是可以去粗取精,将学校里灌输的那些糟粕彻底抛去。他有更多的时间去读闲书了,也有更多的时间去做运动和练钢琴。他还在学小提琴。一年前的一天,他也是突然对我说他想学小提琴。他的目光那样肯定。他的语气那样认真,我也感到无法拒绝。我就为他去找了一个老师。因为已经有钢琴的基础,他的小提琴进步神速,不到一年的时间,老师就让他练起了拉波隆贝斯库的《叙事曲》和维尼奥夫斯基的《传奇曲》。这据说是考五级的曲目。

但是,他从来没有去考过级。

是的,他从来就没有考过级。他已经学过很多年的钢琴,水平已经不低,也从来没有考过级。我认为考级是这个时代的闹剧之一。我听说不少考过了很高级别的孩子其实根本就不喜欢音乐,他们家里除了那些考级的曲目之外也听不到其他的音乐。而我儿子的房间是充满音乐的房间,他读书和休息的时候也总是有大师在为他伴奏。有一天,他走到我的书桌旁,煞有介事地对我说:"爸爸,不知道为什么,我这个人就是喜欢音乐。"我并没有太当真。但是,我觉得"喜欢"比什么都重要。我们这个时代试图把一切都"量化"。这大概也是一个"现代化的陷阱"吧。你知道,体制内的作家都是有"级别"的。这种"级别"既是对文学的玷污,也是对作家这种神圣职业的玷污。对写作进行量化,字数就可能会成为考核的一个目标。像我这种奉行古典主义原则的人,总是讲究叙述的节制,恐怕永远都只能蒙受"初级"的羞辱。

可是你的儿子已经很"高级"了,这应该是一种安慰。看来,你的"私塾"教育真是富有成效。

我想"私塾"教育最值得夸耀的并不是这些可见的成绩,而是那些不可见的影响。比如,他可以自由自在和无拘无束地思想,他不必为自己的淘气和"迟钝"而蒙受老师的呵斥,他更不必为我这种从来不与老师拉关系的家长而遭受老师的冷遇。还有,他没有考试了,这太重要了。这几天,全市的小学都在进行期末考试,他以前的那些同学们每天都要为背诵那些枯燥无聊的课文花费许多时间吧,而他却在家里一遍又一遍悠闲地欣赏着阿什肯那齐演奏的拉赫马尼诺夫的钢琴全集。你看他多么开心。我认为,小学应该取消一切形式的考试。我们都称孩子是"祖国的花朵"。小学阶段的考试就是成年人对这些"花朵"的践踏。语言学在研究认知能力的时候发现,大概在十二岁左右,人的认知方式会发生重大的变化。在十二岁之前,人具备"习得"的天赋。这个阶段,我们不应该用成人的方法来对待孩子获取知识的过程。我们不应该促使他们去"懂得"所学的东西。成年人总是抱怨孩子们不懂事,其实孩子们就应该"不懂事"。

你对小学教育有许多的看法。

我曾经在《南方周末》上写文章批评过小学的语文课本。我说不应该通过那些无聊的课文强迫孩子们去"爱"那些抽象的概念,那些伟大、光荣、正确的概念,而应该引导他们去爱具体的对象,比如父母、朋友、树木和动物。当然,老师本身也是问题。我经常听见小学老师对天真的孩子们使用非常刻毒的词语。成年人之间有"人身攻击"的罪名,为什么我们的老师们就可以随便对孩子们进行"人身攻击",对他们施加语言暴力呢?也许很多年之后,中国的法律也应该来关注这个被忽视的角落。

再谈谈你对大学教育的看法吧。

我已经有六年在大学任教的经历。每年我都给刚从中学上来的学生们上写作课。天呵,他们的美感和想象力都到哪里去了?中小学语文教育强加给了他们一种对自己的个性或者说对人性不负责任的写作习惯。我知道他们每个人都能够应付高考,但是他们中相当多的一部分既没有写作的诚意,又没有对语言和生活的敬意。还有就是"扩招"的问题。最开始,我的班上只有二十个学生,现在一个班上有八十个学生。这是大学里的"人口爆炸"。八十个人的写作课怎么上呵?不久前,我读到一个美国人写的一本书。里面谈到美国的人口增长对大学的影响,他注意到了"instruct"(指导)与"educate"(教育)之间的区别。他认为,"教育"的一个重要特征是学生与教师之间的交流。对于数量庞大的学生,你顶多可以去"指导"一下他们,而不可能充满情怀地去"教育"他们。汉语中的"教育"这个词本来也是充满人文关怀的,但是,现在的大学教育已经没有这种情怀了。

你显然已经厌倦了你现在的工作。

是的。我越来越厌倦了。我的一位同事在我上班的第一个星期就提醒我,一个人不怕有多聪明,在大学里教五年书就可以把他自己教成一个傻子。我本来就不够聪明,而现在又已经教了六年书了……

但是,你还是保持着清醒的头脑。也许你的那位同事应该修正一下他的说法。

是的,我还知道厌倦,这说明我的智商目前还处在正常的范围之内。我是一个非常宽厚的老师,大概这座城市里的不少学生和他们的家长都会有这样的印象。我从来没有对我的学生进行过考试,这是我的教师生涯中值得炫耀的"业绩"。我从来不想给学生太大的压力。相反,我认为,学生应该给教师压力,应该经常向教师提出富有挑战性的问题,令教师的大脑亢奋,令教师的思想得到磨练。一个得不到学生挑战的教师是一个不幸的教师。

你是《遗弃》的作者,你放弃现在的工作一点也不会让我感到奇怪。

遗弃公职恐怕是《遗弃》作者命中注定的下场。

遗弃公职之后,你将靠什么为生呢?

我也许会去当一名家庭教师。你看,换汤不换药,一辈子都离不开这"传道授业解惑"的行当。要知道,我可以开中学阶段的所有课程,当然我最愿意教的还是数学。每次接触到数学的时候,我总是有一种强烈的快感。这种感觉是"纯天然"的。我有时候可能会为自己开设的课程开出非常贪婪的价格,有时候又可能会施行一些"义务教育"……这一定会扰乱市场秩序吧。还有,如果将来允许办家庭大学,我就会去办一所。为了保证教学质量,我绝不会"扩招"。

我们还是先不要谈那些遥远的事情。现在,我想知道,你教了一年的"私塾",是不是也有点厌倦了?

当然也经常会有这样的时候。但是,我的儿子比我的学生们大方得多,他经常挑战我,这令我非常快乐。比如,不久前有一次下钢琴课之后,我表扬他的钢琴老师说:"这位老师真有水平。我发现过的你的那些问题他都发现了,他强调的正是我强调过或者想要强调的。"我的话激起了他这样的回应:"这可能正好说明他没有水平呢?!"我高兴地把他抱了起来,高度评价了他的幽默感。儿子对我的挑战是对我最好的回报之一。

你把孩子当成一个独立的个体。

是的。在面对问题的时候,我们经常会有一些讨论。我会很认真地去欣赏他的看法和说法。有时候,我们甚至会在一起做一些淘气的想象。他是一个有趣的孩子:有点诗意,有点思想,有点幽默。这很适合我的"朋友"概念。尽管在小学老师的眼中,他是一个"差生",我愿意与他做朋友。我不希望他被成人社会过早地加工成我的"敌人"。

是呵,几乎所有人都在同一个框架里想问题。所以,像你这样摆脱出来很不容易。

我发现过一个很有趣的现象,那些对自己的孩子寄予无限希望的家长,大多数都是在教育制度中比较失败的家长。而那些自己在这种教育中比较成功的家长,对孩子的要求反而不是那么苛刻。当然了,我们现在的欲望或者行为都跟我们的记忆有关。就好像吃饭为什么会令我们那么高兴呢?至少部分原因是我们有饥饿的记忆。期待成了对历史的一种清算,或者是一种控诉吧。争取你过去没有的东西当然好像是对的。这是一种生活的逻辑。恐怕只有宗教才能够推翻生活的逻辑。

不过薛忆沩,像你这样一个人,似乎并没有借助宗教的力量,却也能够游离在许多"生活的逻辑"之外。你的生活态度是怎样形成的呢?

这对我自己可能都是一个秘密。有一次,我的一位同事对我说,导致我现在这种生活态度的原因只可能有两个,要不就是我出身高贵,要不就是我曾经遭受过重大的挫折。当然,我的出身并不高贵,这是不可改变的事实。那么按照他的逻辑,我就应该是受过重大挫折吧……其实,这种态度与那种天赋的恐惧感也应该有很大的关系。我在很小的时候,在还"不省人事"的时候,就对"死亡"有奇特而强烈的恐惧。这种恐惧伤害着我的身体,触动着我的心灵,影响着我对世界的看法。这种伤害、触动和影响在我的文学中留下了深刻的印迹。我的所有作品都涉及到死亡。在我的作品中,死亡和爱情是两条纠缠不休的线索。

还有另外的秘密吗?

还有就是那种天赋的负疚感。我的父亲曾经是一家中型国营工厂的领导。小时候,我经常与他一起坐着工厂里唯一的北京吉普出入工厂的大门。这种特权给我的心灵带来了巨大的折磨。从车窗后面打量着上下班的人流,我脆弱的内心马上会被强烈的负疚感抓住。我会尽量将身体蜷缩在后座的角落里,将头尽可能地低下去,就像是一部欧洲电影里对生活异常困惑的孩子。我至今对各种各样的特权都充满了反感,这种反感导致了我对权力本身的怀疑。那是1974年,那时候我还只有十岁。

对死亡的恐惧和对特权的负疚导致了你对卑微的发现……

除了这两种心理的过程之外,应该还有来自科学的影响。具体地说是天文学。我的一个朋友说所有的人在走进社会之前,都应该学一下天文学。我很同意这种说法。天文学让我们敬畏"无限"的威力和神秘。正确的人生态度应该建立在这种对"无限"的敬畏之上。与光年相比,人生只是一个抓不住的瞬息;与天体的分量相比,人体只是看不见的尘埃。在宇宙的发展史上,整个人类都只是微不足道的品种,全部的人类历史都只是微不足道的喧嚣和骚动。

因此,"卑微"成了你的一个关键词。

是的,卑微是生命的本质。所以,人生的态度也应该是卑微的。我经常问自己为什么会成为这个时代的"异类"。一个重要的原因大概就是我这种卑微的感觉与这个时代的精神不合拍。你看,"我们"动不动就"赢了"。这是一个趾高气扬的时代。据说一位著名的中国作家对一位外国研究者态度不好,因为那个人是坐着公共汽车来找他的,好像不够级别。你看,我们中国作家是多么的势利。我经常听到外国人说中国人很势利。其实,势利是多么荒谬啊,它背离了生命卑微的本质。设想一下,如果上帝有一台电脑,我们就不过是它生死簿里的一个文件名,是随时都可能被它"删除"的。哪怕上帝对我们足够耐心,与无限的宇宙相比,我们也只是瞬息和尘埃。势利是多么荒谬啊。

让我们再谈一下卑微感的来源吧。

不同的人会从不同的角度体会生命的卑微。"死亡"是我的角度。我在很小的年龄就对死亡有极度的敏感,就对生命的脆弱有很深的感悟。上帝给予我的所有的优越都无法让我偏离关于生命的这种"正见"。"爱情"是卑微感的另一个重要来源。我们总是觉得不配自己所爱恋的人。这是爱情忧郁的基调。我们也总是发现已经得到的爱情与我们想得到的爱情之间有不可思议的距离。"完美"就像"无限"一样,不是有限的生命可以占有的。

也许你的神经类型与其他人不同吧。

你在寻找生理学上的解释。要知道,这是我不愿意接受的解释。有时候,我很担心我的儿子会继承这种特殊的神经类型。我希望他用不同的方式去感受事物。

意识到生命的卑微,人应该会有不同的活法。

一个能够领悟"无限"之实和"有限"之虚的人应该会活得清淡一点、幽默一点、率性一点、利他一点。利他是我极力推崇的个人主义的一个重要特征。我推崇的个人主义是带有强烈理想主义特征的个人主义。

谈谈你的经历吧。你是什么时候来深圳的?

最早是在1987年的7月,然后是一段漂浮不定的日子,基本安定下来的时候已经到了1990年的3月。不过,1993年9月我又离开去广州读书,完成了我的语言学博士学位。那次离开的目的比较明确,就是想将来拿到学位后能够进入深圳大学任教。当然,语言学是我很早就非常着迷的学科,这次离开因此仍然带有理想主义的色彩。1996年2月,我开始在深圳大学试教。同年秋天,我如愿以偿,正式成为深圳大学文学院(当时还是中文系)的教师。这不仅意味着我终于在深圳获得了合理的身份,也为我的"重返"创造了条件。

你是不是觉得不能适宜嘈杂的社会,才想躲到相对安静的高校里去呢?

实际上,我是一个有清晰的社会生活头脑以及很强社会生活能力的人。我能够应付很多的场面,也很善于与人沟通。但是同时,我又非常厌倦肤浅的社会生活。每次在社会生活中如鱼得水的时候,我都会有荒诞的感觉,都会在心里暗暗嘲笑和挖苦自己。

当初为什么会来深圳呢?

部分原因是我的父亲已经在深圳"下海"。另一部分原因是我对当时中国社会出现的变化有准确的判断。也就是说,我的选择有人类学和社会学的双重背景。在1988年7月到1989年1月之间,也就是我二十四岁那一年中间的六个月,我完成了两部长篇小说。一部是现在好像尽人皆知的《遗弃》(最初它的名字是《业余哲学家》,知道这一点的人可能不多)。去年在芝加哥举行的全美亚洲研究协会的大会上已经出现了关于它的研究论文。另一部就是至今仍然不能出版的《遥远的 San Francisco》。为了避开它屡遭退稿的"坏名声",我现在将它改名为《一个影子的告别》。1998年秋天,香港《二十一世纪》杂志上曾经发表过艾晓明教授关于它的评论。《遗弃》探讨社会生活对精神世界的侵犯,其中的关键词是"混乱";而《一个影子的告别》探讨社会动荡引起的个人处境的危机,其中的关键词是"告别"。"告别"意味着我们正在远离我们"本来"的生活。"告别"也是一种"遗弃"。关于当时的未来,也就是关于现在和今天,两部小说都是预言性的,两部小说的情绪又都极为悲观。

你最开始是学理工的……

我十七岁那一年考上北京航空学院,在六系(计算机科学与工程系)学习。那时候学计算机这个专业的感觉跟现在应该非常不同。我在大学学习四年,真正能够触摸到键盘的时间只是毕业前最后的那几个星期。那时候我们是将程序写在程序纸上,交到计算机房的窗口里面,由机房的人制成一大叠卡片递出来。我们需要去检查卡片上的小孔是否正确,就像佛罗里达州的公务员筛选美国总统选举的选票一样。然后,我们再将通过了检查的卡片从窗口递进去,由机房的工作人员为我们上机。对于当时那些计算机专业的学生,唯一能够向他们打开的只有那样一个由建筑材料构成的"窗口"。

你在大学阶段不再是一个好学生了。

我在大学阶段是一个极为反叛的学生。1983年11月,在反"精神污染"运动的高潮,我甚至有过一次"逃跑"的经历。我记得那是一个傍晚,我神情沮丧地从王府井新华书店出来,直接去北京火车站,买了当天回长沙的车票……这是一个太长的故事,先搁置起来吧。我记得班主任有一次对我说:"薛忆沩,你如果能用十分之一的时间来学习专业,就会有很好的成绩。"尽管我对自己的能力有清楚的认识,知道即使自己用全部的时间来学习,专业的成绩也不可能很好,班主任的鼓励还是让我有点得意。当时我的大部分时间都用在苦思冥想和走街串巷之上了。我骑着破烂的自行车走遍了北京的大街小巷。二十世纪八十年代初的北京是跟现在的北京完全不同的北京。那已经是不复存在的"北京",它只幸存于我们的记忆之中。我庆幸自己当时没有舍得为学业花费那"十分之一"的时间。我庆幸自己的吝啬。否则,我不仅仍然是电脑方面的白痴,还可能对"北京"也完全无知。

我们无法改变自己的过去。

这大概就是"青春无悔"的意思。我那时候有不少激进的举动。比如考试的时候,总喜欢提前交卷。有一次考高等数学,我留下最后一道三十分的题没有做就交卷走了。我记得当时监考老师好心地提醒我说,你只做了七十分的题目就能够保证自己及格吗?!我说我能够保证。后来,我真的及格了。我在大学阶段只有两次不及格的经历,都属于"事在人为"。考"电路原理"的时候,我只在考场上坐了四十分钟就走了,因为我怕耽误了回家的火车。那是寒假前的最后一门考试,我当时故意订了离考试结束时间很近的那一趟火车的票。那一次我的确没有及格。还有就是我从来都憎恶作弊。每次考试的时候,教室的前几排座位都没有人坐,而我总是勇敢地坐在第一排。我知道挤在后面几排是很容易作弊的。我也知道许多同学不将作弊当回事……不过,关于作弊这件事,我认为不妨为它正一下名。我那些经常作弊的同学中有不少是成绩很好的。他们现在可能都成了专业上的精英,都在为社会做贡献。而我这个遵纪守法的学生却是一个专业上的白痴,一个"多余的人"。从这个角度可以看出,道德有时候真的非常可笑。

这是一个有意思的结论。

另外,我在大学阶段已经对无聊的集体活动表现出了极度的反感。记得1984年10月的国庆游行和随后的集体舞晚会吗?就是有学生举出"小平您好"的标语的那一次。当时我们全班同学都在由北京高校学生组成的那一段游行队伍里。我是唯一的缺席者。我记得我们的指导员在劝我参加游行和集体舞练习时说:"薛忆沩,这是具有历史意义的活动啊。"我那时候还没有悲观到认为历史是一场噩梦的程度,但是我拒绝了参与那样的历史。在无聊的集体中,我总是感到极端的孤独,孤独到甚至会出现明显的病理反应。反而在独处的时候,我感觉平静和充实。我对集体的意识和无意识都极为恐惧。这种恐惧大概也是我不再看报纸和电视的原因。这导致了我的"孤陋寡闻"。我在深圳大学一位同事的弟弟是中央电视台著名的主持人,是几乎所有中国人都知道的人物。一天在办公室里大家提到他如雷贯耳的名字,我居然着急地问他是谁,暴露了我极度的无知,闹了大笑话。

很多人都知道你对电视和报纸的这种"不"嗜好。

一张报纸或者一台电视机其实就代表着一个庞大的集体。新闻是这个世界上最短命的东西。我越来越不愿意自己的生活受新闻的影响。我是简约主义者,遵循一些古老的准则。那些准则好像是来自几何学,或者近一点,来自法国的唯理论。我总是在寻找我的生活可以简化到什么程度,比如我的食物可以少到什么程度,我的房子可以小到什么程度,我的职称可以低到什么程度……我的生活似乎是经过复杂的数学论证得来的。这种论证是我关于生命卑微本质认识的一种延伸。当然,在许多"正常"的人看来,这种对生活不断的反省是一种"病态"。

这种"病态"有更早的征兆吗?

其实我的"病变"发生在中学阶段。我是儿童心理学理想的病例呢。我本来一直是一个品学兼优的孩子,大概在十一届三中全会之后不久,也就是十五岁左右,我突然就开始反叛了。在家里,我与父亲就许多重大问题发生争执。在学校,我不再将大多数老师的陈词滥调放在眼里。我还辞去了我的班长职务,我还拒绝写入团申请书,拒绝"向组织靠拢"。但是同时,我却以不可思议的狂热向知识靠拢。那时候,爱因斯坦是我的偶像。因此,康德也尾随他进入了我的视野。我最早读到康德的时候刚满十四岁。我读到的是商务印书馆很早的版本。你看我有多么幸运:远在法定年龄之前,就知道了"物自体"的存在和不可知。这种不可知的绝对存在让我对生命的卑微有了进一步的认识。再往后两年,萨特的死给一代中国人送来了"存在主义"。我永远不会忘记从1980年第5期《外国文艺》杂志上读到萨特《存在主义是一种人道主义》一文时的激动。那次阅读对我个人的"选择"产生了重大影响。我母亲对我完全放纵。我还在高中阶段,她就同意我订阅《哲学译丛》和《自然辩证法》一类的刊物。她对我的放纵一下子就将我的世界从空间上推到了苏格兰,从时间上推到了古希腊。我从此就不再是中国中部一座省会城市里的一个品学兼优的中学生了。我开始"生活在别处"。

大学毕业以后呢?

我被分配到位于株洲(距离长沙五十公里)的南方动力机械公司。我一开始并没有服从分配,而是通过家里的关系进入了位于长沙的湖南电子研究所,在那里的销售部工作。但是经过多方努力,南方动力机械公司仍然不肯让步。半年之后,我不得不服从分配,去那里报到。报到的当天,我就向人事处的负责人提出了调离的要求。当时那家没有什么活力的国营企业里有许多年轻人,特别是那些来自广东的年轻人,都在要求调离。那是一些探到了时代脉搏的年轻人。但是,单位以"国家的规定"和"公司的章程"断然拒绝我们的要求。在经过五个月毫无成效的努力之后,有一天我平静地走进我所在的工艺研究所领导的办公室。我递给他们一份声明,声明我将在那间办公室里为我的调离开始绝食。注意,这是1986年。当时我只有二十二岁。我在声明的后面写出了我家里的电话号码,我让我的领导们通知我的父母亲做好来那里收尸的准备。你知道公司领导多长时间就妥协了吗?二十分钟。仅仅二十分钟。当人事处长气喘吁吁地跑过来劝我"想开一点"的时候,我的眼泪一下子就流了下来。我不是为自己的胜利而流泪,我是在为权力的脆弱而流泪,为那些国家规定和公司章程的荒谬而流泪。胳膊拧过了大腿……当天下午我就被通知去办理调动手续。接着不久,其他那些年轻人的调离申请也都被批准了。他们中间不少人后来都成为了改革开放的"弄潮儿"。几年之后,他们还有人打电话来向我这个"敢死队员"表示感激。他们相信没有我当时的"壮举",他们的一生可能就会要葬送在国营企业里。你看,个人主义还真有利他的功用呢。

这样你就回到了长沙。

是的。我到了湖南省政协属下的湖南经济建设促进会工作。那是一家没有明确职能的官僚机构。名义上,它的作用是帮助各县市发展地方经济,而实际上,它不仅对地方经济起不到任何作用,还会增加地方上的负担。有一天,我随机构的领导去考察一家据说账面上只剩下两百元的小工厂。我们在那里装模作样地"考察"了一通之后,就被领进了工厂食堂里的包房。款待我们的饭菜非常丰盛,甚至还开了几瓶不错的白酒。而从房间的窗口,我可以看见那些目光呆滞的工人。他们的饭盆里是食堂提供的最粗糙的饭菜。那个时刻,我觉得自己就是一个罪人。我知道,机构领导的那些假话和空话根本就帮不了那家工厂。我知道,我们那一通吃喝之后,工厂马上就要关门,工人们马上就要失业……我至今憎恶大吃大喝,大概跟那一次"犯罪"的经历有密切的关系。

这时候,你进入了自己的文学状态……

是的。1987年8月在文学界很受关注的《作家》杂志头条发表了我的中篇处女作。那是对我的激励。接着,我写下了一部用很主观的语气评说中国哲学史的"哲学书"。那当然是一部永远也不可示人的浅薄之作。但是那种写作的经验以及那一年迷惘的生活给了我巨大的灵感。1988年7月我完成了一部题为"业余哲学家"的长篇小说。考虑到市场的效应,我最后将小说更名为《遗弃》。真诚的文学状态让我再也无法忍受官僚机构的虚伪了。1988年12月我向单位请了长假。我终于冲破体制的罗网,像《遗弃》的主人公一样,成了一名"自愿失业者"。这种自由不仅让我可以更激情地投身于文学创作,还让我能够独立地体验随后那一段惊心动魄的历史和生活。1989年春节前夕,我的第二部长篇小说完成。小说最初的名字是《遥远的 San Francisco》,后来因为无数的波折,我将它更名为《一个影子的告别》。这当然是一个更贴切的名字。接着,《遗弃》出版了。拿到样书的那一天我骑车从出版社回家的路上经过湘江大桥的时候,遇上了声势浩大的游行队伍……我立刻清晰地意识到自己文学的孤舟猛烈地撞上了历史的冰山。

那是1989年的4月,那是《遗弃》的第一次出版……

是的。那是一次自费出版。金钱果然带来了效率。否则,《遗弃》的传奇就不会在中国文学的版图上出现了。《遗弃》的写作和出版过程对我的神经是一次巨大的考验。我是一个为文学活着,也想靠文学活着的人,但是我的写作却不能成为我的生活来源。怎么办?是遗弃文学,还是遗弃生活?我怀着深深的敬畏接受了自己的命运……现在,这部小说已经成为中国文学版图里的"传奇",有头脑的人应该完全清楚,它的重版如果没有可观的经济效益,至少也不会有太大的经济风险。可是,负责重版的出版社并不这么看。在开印的前一天,他们居然提出要勾销合同中注明的版税。生存还是毁灭?我又遇到了哈姆莱特提出的终极问题。我又一次为文学向苛刻的命运低头……当然,远离利益对我的写作本身有巨大的好处。它让我本来就很纯粹和自由的写作从此可以更加纯粹和自由。

关于《遗弃》,最近还有什么"利好"消息吗?

我从《遗弃》完成的那一天开始就确信它是一部会要走得很远的作品。现在,知道它和谈论它的人越来越多了。不久前英文《中国日报》对它做过大篇幅的评介,它现在甚至有了国外的研究者。

再谈谈《一个影子的告别》吧。

这是一部经历更加坎坷的小说。1989年春节前的那一天清早,我五点钟就起了床,因为我知道我姐姐马上就要从广州回来,我想赶在她回来之前完成那一次持续了将近半个月的写作的冲刺。我奋笔疾书。大概在七点半左右,我姐姐开始有点不耐烦了。她不停地敲击我的房门,我没有理睬她。她对我的固执非常不满,在门口说了很多难听的话,我还是没有理睬她。我一直写到将近九点钟才放下笔……我写完的就是《一个影子的告别》(当时名为《遥远的 San Francisco》)。后来每次谈起这部作品我就会听到我姐姐的敲门声。这个细节也让我对世事的变与不变有很深的感触。我姐姐在 1993 年已经变成了英国公民,而在她的敲门声骚扰下完成的小说却仍然是一部未刊稿……已经十多年了。这些年里,总有人在为这部作品的发表和出版努力,最终却都以徒劳告终。也许将来它也会像《遗弃》一样成为某一个年份里的"文化现象"吧。去年 12 月,北岛主编的《今天》杂志做了我的一个专辑,其中包括了这部小说的节选。这是这"徒有虚名"的小说文本的第一次面世。

二十四岁真的是你生活中的一个关键的年份。

是呵。我当时狂热地相信,如果我的那两部长篇小说不能堂而皇之地出版,我的二十四岁就不会过去。因此,我将自己的二十五岁生日锁定在《一个影子的告别》出版的那一天。也许那时候我已经五十二岁了……这又是我需要虔诚地感谢命运的一个理由,它要让我将更年期当成青春期来过。这样的享受不是每个人都能够尝到的。

经过一个复杂的年份,九十年代出现了。

我在文学上最初的突破应该是九十年代初的事情。当时我在国内的一些名牌文学杂志上发表了作品,而且在台湾也颇有点运气。我第一篇寄到那边的小说《一九八九年十二月三十一日》就被作为"小说精选"刊登在《联合文学》之上。紧接着,我又得到了《联合报》的小说奖,就是王小波的《黄金时代》得奖的那一届。那是我们这两个"工科男"之间的"文学缘"。我得奖的小说是一篇在大陆没有任何人愿意刊登的看上去很平淡的作品。我得到的奖金好像是当时大陆能给那篇小说开出的稿费的三百倍。这真是非常滑稽的对比。随后还有更加滑稽的事情发生在我的身上,我现在都不愿意再提起它了。总之,我发现我开始被人关注。要知道,在这个世界上,对个人的许多关注都并不是善意的。

你好像因此停止了写作。

那是我1988年8月进入文学状态以来的第一次休眠。一共有差不多六年。我有点睡过头了。等想重新拿起笔来的时候,我发现写作竟是那样地吃力。我应该感谢《天涯》杂志和《湖南文学》杂志,他们的欢迎帮助我慢慢地苏醒过来。

现在你仍然在写作吗?

我又有差不多十八个月没有写作了。我的最后一次较大的写作行动爆发在2000年8月：我用七天的时间完成了后来人们在《收获》杂志上读到的《一九九九年十二月三十一日》。

在这段没有写作的时间里，你做了一些什么呢？

主要还是带孩子，前面已经说过。我这个人向往自由，所以不喜欢任何级别的权力。我认为有权力的人是不自由的。一个人想跟上时代就会想方设法去保住一点权力。其实做时代的落伍者有许多的快感。落伍者可能会保存下一些最精致的趣味。

如果就人与人的关系来讲，父亲的权力，这大概也是你唯一的权力……

是的。不过，我同样非常不喜欢这种权力。但是，我必须行使它，以权力的名义告诉我的儿子什么是对，什么是错。这就是所谓的责任吧。荒唐的责任。为什么拥有权力的一方总是对的，而没有权力的一方总是错的呢？如果有一天，我的儿子把墨水泼到书上，我会认为这不对，会指责他。可是，他或许认为这是一件很有趣的事情呢？如果真是这样，他又有什么错呢？我们已经是腐朽的成年人了，我们不懂得欣赏孩子们的世界。因此，我在指责之后，很快就会感到内疚。这恐怕是我非常值得肯定的地方:我是一个会感到内疚的父亲。

阅读也是你现在生活中的一项重要内容吧。

当然。从来都是。这十八个月里,我几乎每天都拿出一定的时间来研读莎士比亚。他那样令我敬畏。我经常对人说凭着对他的敬畏我就可以放弃自己的写作。他总是给我带来惊奇。我读完了他的全部重要作品。我希望将来有时间能够将这些作品用现代汉语翻译一遍。另外,我还读波德莱尔。不过我的法语阅读比英语要慢得多。

你好像还懂得其他的语言。

对文学的好奇激起我对语言的热情。不过,我的德语、西班牙语和意大利语的水平完全不能够满足我对这三种语言的文学成就的贪欲。比如,我只能够从西班牙语中读博尔赫斯的短诗和小品文。我多么想用它去读帕斯的那些深奥而又迷人的长篇大论呵。很遗憾,我做不到。

你对语言有很深的感情。

桑塔格在一篇纪念德语作家卡内蒂的文章中宣称,拥有一种语言就是拥有一块疆域。所以,一个对语言有感情的人,不应该再是一个狭隘的民族主义者,他拥有的广阔的疆域应该使他博爱。他应该是一个"语言"的捍卫者,而不仅仅是某个"语种"的守护神,正如他的写作应该维护最普遍、最抽象的人性,而不仅仅是某个人或者某个集团的狭隘利益一样。

你的求知好像不着边际。

是呵,现在的学科分类方式对我形同虚设。我喜欢一切不实用的学科。读完莎士比亚以后,我接下来读的很可能是一本《高等代数》。我一直想写一篇以一个古老的数学家族如伯努利家族为背景的言情小说。我好像觉得自己到这个世界上来的目的就是不停地学习。

在你看来,什么是好的文学?

好的文学就是用优雅的语言显现心灵的孤独、历史的荒诞以及生活的无奈的文学。它的智慧应该带有悲观主义的味道,而它的气质则一定具有强烈的理想主义色彩。它就是这样一种矛盾的机体。所以,痛苦是这种文学的本质。从这个角度看,鲁迅的文学就是好的文学。

不同的人从事写作可能有不同的原因,你为什么要写作?

一个简单的理由是,当我想写的东西突然闯入我的大脑之后,我的大脑就像一台被病毒侵害的电脑,它会不顾时间地点不停地重复那些内容:一个细节、一段对话、一种表情……这样持续一段时间,我就会失眠、乏力、食欲不振等等。而一旦我将那些内容写下来,以上的症状就会立刻消除。有人说写作是一种治疗。我的治疗过程大概就是这样的。这应该属于"神经内科"吧。

目前,在用汉语写作的小说家中,你认为谁最值得称道。

我还是要说残雪。她在创作和批评两个领域都"魔高一丈"。尤其是她还有一种令人感动的敬业精神,对文学和写作极为虔诚,也极为勤奋。另外,残雪仅仅受过小学的教育,她的成就也算是对我们的教育制度的一种挖苦吧。

好吧,我们还是回到你自己。薛忆沩,你是在什么样的家庭环境中长大的?

前面好像已经说过,我的父亲曾经是一家国营工厂的领导。我的母亲则是一所中学的老师。我的父母从来都非常放纵我。

我母亲放纵我是因为她了解我,而我父亲放纵我是因为他不了解我。你知道,我还有一个姐姐。我曾经称她与我是"包括性别在内的一切方面的对立物"。如果把我今天说的话全部反过来说一遍,这次访谈就成了你与她之间的对话。她现在是英国公民,她一度在西方金融机构的重要职位上工作,经常有机会见到社会名流、豪商巨贾和各国政要。她还有一个相对稳定的家庭,一男一女两个可爱的孩子……根据这个时代的标准,她当然是一个成功人士。她的成功大概也是对中国教育制度的一种挖苦,因为她从小到大,学习成绩都很一般,她高考的数学成绩好像只有五分(满分是一百分)。另外你知道吗,我其实应该去申请一项吉尼斯纪录。我从1992年10月起几乎每天都接到我姐姐从英国打来的长途电话。我很厌倦这种频繁又空洞的联系。

这样的家庭对你有什么影响呢?

影响主要是心理方面的。家庭成员之间生活方式的对立对心理会有许多消极的影响。如果一方特别敏感,对他的伤害就会更大一点。

心理是一个复杂的话题,还是谈谈"身体"吧。你是一个特别喜欢运动的人。

是的,我把运动看成是个人生活的一个重要组成部分。因此,我比较喜欢个人的项目。夏天我的主要运动是游泳,现在每天都游一千米。我的儿子去年也有一次连续游了一千二百米的纪录。他也喜欢运动。冬天的主要运动是长跑。每年的元旦清晨,我都有一次象征性的长跑。前年我从设计院沿深南路跑到了沙河口。去年我从设计院跑到了深圳大学的北门,应该有二十五公里吧。今年的元旦,我从设计院跑到世界之窗,大概也有二十公里。另外,我还有徒步的嗜好。这是1989年7月以后养成的。那时候,我会在清早起床,坐上长途汽车到五十公里以外的一个城市,然后往回走一整天,走回长沙。现在,我经常从深圳大学走回深圳市区。最近的一次是在去年的12月24日。那一天,我带着我的儿子从深圳大学出发沿着滨海大道南侧的小路走到上沙后转上深南大道一直走到了上海宾馆。这是我的儿子第一次加入我的徒步。

你周围的人如何看待你的这种嗜好呢?

几年前,当我第一次与我的一些同事们谈起我的这种嗜好时,他们都说我是"疯子"。现在,他们中间的一些人好像也"疯"了。

你做运动有什么功利的目的吗?

我不怕死亡,但是我恐惧衰老。运动肯定有延缓衰老的功效。另外,运动也有美学的功能,会让身体变得好看一点。

你在深圳大学教的是写作课,但是有一次你说你的课的主要内容是谈"情"说"爱"。

是的。我总是希望能够将学生从实用和功利的死角里拉扯出来,总是向他们讲述内心生活的重要,讲述"情"的重要,"爱"的重要。我是一个唯"心"主义者。我相信"心灵"是生命的意义和基础。

爱情可以说是"心灵"的节日。

这是一种很迷人的说法。我一直认为人的生活其实是两个魔术师斗法之后留下来的败局。一个是代表死亡的魔术师"时间",一个是代表生命的魔术师"爱情"。虽然时间是最终的胜利者,爱情的抗争却给人类的失败带来了诗意。

可以具体一点吗?

爱情把人带到神话的境界。每个人都会因为爱情而变得与众不同。在爱的絮语中,句子四通八达,词语左右逢源,幽默驱逐了陈词滥调。有人说爱情是逢场作戏。这是怎样的一种境界呵！生活变成了绵延不断的表演，而凡人变成了神出鬼没的艺人。

在你看来，爱情是一种天赐。

是的，爱情是上帝的绝密。它是命中注定的，同时又总是显得那样的不可思议。

好，我们还是不要去好奇上帝的绝密了……你能够预想一下你将来的生活吗？

两个版本的《遗弃》都是这样开始的："两年以后……"也就是说，《遗弃》的主人公在这部小说开始之前两年就已经"消失"。我非常羡慕他。我不可能像他那样一走了之。我至少还会需要像现在这样生活六年，一直到我的儿子抵达法定年龄。然后，我要过十年自己的生活，读完想读的书，写尽想写的事。然后，我想到一个偏远的地方，比如湖南和贵州交界的山区去做一名小学教师。

然后呢？

然后就安安静静地坐着,"不讲小话,不做小动作",耐心地等待着上帝的"删除"。

也许要等待很长的时间呢!现在人这么多,也许要排长队呢!

是呵,不过人们可以利用那段时间做一下大扫除,将世界加盖在自己身上的灰尘——我说的是虚荣或者实惠——彻底扫除。以前我住在一个机关大院里,有一件事令我极为反感。每次有讣告张贴出来,上面总有那个人的职务,后面还跟着一个括号注明死者的"升级版"。比如,"副科长(享受正科级待遇)"或者"处长(享受副厅级待遇)"。这种字样令我发抖。就像成年人总是侵犯孩子们一样,生者也总是在侵犯死者。人的去如他的来,其实也是"赤条条的"。为什么最后还要让他遭受体制的玷污呢?难道天堂或者地狱也在意级别?也会根据级别决定待遇?

薛忆沩,你跟深圳的关系似乎就是你从家里到学校,又从学校到家里。这座城市好像就是你不断来回穿越的一条通道。有一天,你会穿过之后就不再回头了吗?我的意思是,你会离开这座城市吗?

这是一个关于"家园"的问题。我从来对地理上的"家园"感情淡漠。我的家园是和语言联系在一起的。一个伟大的作家可以把我拐骗到一个遥远的地方去。而一部伟大的作品可以让我在任何地方安顿下来。因此,离开这座城市对我并不是一个困难的选择。但是,一座城市总可能有它神秘的魅力,能够以一种特殊的方式令人眷恋。比如它可能浓缩成为一个你不需要记在通讯簿中的电话号码。于是,通过中国电信铺设的一条细小的通道,不管你在哪里,你总是可以不断地回到这座城市对你来说最敏感的部位上来。你就这样通过不断的"回来"证明你灵魂的归属,证明你的无法离开。

你的话越来越神秘了。

这是一个危险的信号。看来,我们应该结束我们的这次对话了。

后记:
这是我接受的第一次正式采访,也是我迄今为止发表的最长的访谈作品。采访的大纲由《深圳特区报》记者王绍培提供。略有删节的版本后来发表于2002年1月最后一期的《深圳周刊》。四个星期之后,我就离开中国,走进了"异域的迷宫"。

"我的一生终将是这种苛求的祭品"

薛忆沩，你现在居住在西方，你愿意谈谈你现在的生活吗？

我对居住的理解从来就比较抽象。地理位置的更变不可能消除我对生命的困惑。几年前，我读到桑塔格谈论卡内蒂（小说《迷惘》的作者）的文章。我非常认同她对居住的抽象理解。我是一个居住在书面语言里面的人。大量的阅读与少量的写作一直就是我的生活，不管我地理上的居住地在哪里。与此相应，阅读的质量与写作的质量就是我"生活的质量"。睡房的大小或者便池的产地对我的生活从来就没有太大的意义。

我注意到附在你一些作品后面的作者简历中仍然有"现居深圳"的字样。你为什么要这样"虚构"你的现在？

我的"虚构"是有一定根据的。比如，我的书架仍然留在深圳。我现在还能够清楚地记住大多数书籍摆放的位置。

也就是说,你的"虚构"来源于"生活"。

深圳在我的记忆中,我也在深圳的记忆中……这两种记忆现在都还充满了生命的气息。"现居深圳"的说法给我带来的是"天伦之乐"。

在我们这个交通和电讯如此发达的时代,地理的居住概念的确失去了原来的意义。

随之而来的还有"家"的概念。我们已经很难体会奥德修斯"回家"时经受的那种千辛万苦了。"回家"的方便已经令地理上的"家"失去了光泽。在精神的家园里,我们或许能够索取更多的体贴和孝敬。

你刚才提到了你留在深圳的书架。我想你现在的房间里也应该有一个书架吧。那里面摆放着一些什么书呢?

与深圳的书架相比,这只是一个很小的书架。里面照例摆放着一本莎士比亚的全集,一本《青年艺术家的肖像》和一本《尤利西斯》,还有两本布罗茨基的随笔(《小于一》和《忧伤与理智》)以及那本《百年孤独》的英译本。与这些英文书籍摆放在一起的还有几本法文经典:一本兰波的诗集,一本普鲁斯特的《追忆似水流年》,一本加缪的《鼠疫》。还有英汉对照的《四书》、《庄子》和《楚辞》以及一套中华书局版的《李商隐诗歌集解》。

这不是一个很"小"的书架。

我的书架里最值得炫耀的是一本西班牙文的精装书。我不大相信还会有另外一个中国作家也拥有这本书。这本书抵达我的书架已经九个月了。它的抵达展现了"魔幻现实主义"的魅力:它是在北京通过网络订购,然后通过地球另一侧的这座城市唯一的一家西班牙书店抵达我的书架的。当时这本书刚刚上市。书店老板告诉我,我们这座拥有众多南美移民的"国际化"城市里仅进到了两册。这本书就是被我奉为"圣经"的《百年孤独》的作者马尔克斯的回忆录《为叙述而活着》。很遗憾,我的西班牙文读得相当吃力。这本书不可能让我尽情地享受阅读的快感。九个月以来,我的快感更多地来自触觉、嗅觉以及漫无边际的幻觉。

看来一个书架不仅仅能够容纳许多的故事,它本身也在讲述着故事。

你说得对。我喜欢在书架之间穿梭。图书馆是一个"前可以见古人,后可以见来者"的地方。我居住的这座城市有发达的图书馆体系。这种体系使一个阅读者总是能够如愿以偿。这是西方的好处。哪怕你生活在"井底",你也有机会"观天"。没有人会用一个加大号的井盖将求知的欲望与无限的天空分隔开来。有时候,甚至一个区级的图书馆都会给人"观止"的感觉,更不要说那些魔窟一样的大学图书馆了。在这个崇尚"多元文化"的国度里,许多图书馆里通常都会有多种文字的书籍。有一天,我居然在一个小图书馆的角落里见到了一本中文的《拯救与逍遥》。时间和空间的魔术总是那样令人眼花缭乱。

这么说,你的许多时间都是在图书馆度过的。

是的。每次进到图书馆,我就渴望自己能够做一辈子的学生。这恐怕只有在西方是可以做得到的。如果我再做学生的话,我很想去研究那些用所谓"早期现代英语"写成的作品。

除了文学作品,你还读其他东西吧。

我主要还是读"其他东西"。我读社会科学所有门类的书。我还读自然科学的书。从我的简历就可以知道,在我的生活中,文学其实是喧宾夺主的角色。但是,科学却从来没有放弃反攻倒算的图谋。我仍然在幻想着能够再得到理工科的文凭。历史和数学是我的偏科。我特别关心十六世纪和十七世纪的历史。

那也是数学的"黄金时代"。我的一个虚构人物将生活在那个时代。我正在为他复杂的生活"选址"。

我对你现在的状态已经有了一点模糊的认识。

我的"现在"就是我的"过去",也就是我的"未来"。我的生活从十二岁以后就没有本质的变化了。我说过,1976年暑假中的一天,我命中注定地从母亲的书柜里取出列宁的《唯物主义和经验批判主义》。我慢慢地翻动着书页,突然赫拉克利特的那句名言出现在我的眼前。呵,"人不能两次走进同一条河流"。要感谢列宁同志的"转发"。从此,我就再也不可能有什么"未来"了。也就是说,十二岁那年,我的生活就已经发生了最关键的变化。我已经看到了生命的"界限"。后来,我有一首长诗就以《界限》为名(它的一些段落出现在我的中篇小说《一九八九年十二月三十一日》中)。我还以同样的名字自印过一本诗集。那是我青少年时代最高的文学"成就"。我早就知道,无限的时间劫持了人生的意义。有限的生活永远都只是时间的笑料。

你仍然是一个悲观主义者。

粗俗一点,这叫做"厌生"。我的这种态度基于我对生活的理解。在我看来,悲观是唯一的"正见"。我们用不着等到"非典"来折磨我们的呼吸道或者自尊心的时候才开始"顿悟"。"厌生"使我有了生活的目标。我知道我需要的是一种"小生活"。大量的阅读和少量的写作是这种生活的"基本面"。总是有满意的书可读并且总是不满意自己的写作,这两个"总是"就是我"活着"的理据,我的"护身符"。这后一个"总是"意义更加重大。它令我的生活有点悬念。我总是以为自己将会写出一部令自己满意的作品。于是,尽管"厌生",我却还是"贪生",还在"求生"。可是同时,我又经常怀疑地想,也许这"以为自己将会写出一部令自己满意的作品"只不过是上帝让我延年益寿的"秘方",即使到了"正寝"的时刻,它也不会得到证实……但是,如果上帝真的如此仁慈,我还有什么理由去抱怨呢?

那么,让我们转换一个话题吧。你前面提到你有过写诗的经历?

诗是最高尚的住宅或者是顶级的酒店吧。我几乎每天都要"入住"这间酒店。这是不是非常奢侈?诗是我的生活必需品。我以"诗"为天。诗直接参与我体内的新陈代谢。我几乎每天都要读一些英语、法语或者汉语的诗。在诗歌方面,我是一个不错的鉴赏家。但是,我不是一个成功的表演者。我很希望自己有出色的"表演"。我偶尔也试着用英语写诗。我梦想着自己能够用另外一种语言重新经历一次不安的青春。

英语和法语是你阅读的语言,而汉语是你写作的语言,你如何解决它们之间的冲突?

这也是一个非常复杂的新陈代谢过程。经常会出现难堪的紊乱。我不知道如何解决。有时候,西方语言之间也会出现"错乱"。我自己的说法是"八国联军内部又出现了矛盾"。我的法语老师总是鼓励我用法语写小说。她说我的法语写作很有潜力。但是,我知道我不行。我相信我自己的判断。我不相信我自己。我没有信心。对于包括汉语在内的任何语言,我都没有信心。我对写作要求过高。高处不胜寒。语言问题被我当成是一个道德问题,或者是我面对的最大的道德问题。我总是苛求自己。我总是苛求语言。我总是苛求自己与语言的关系。毫无疑问,我的一生终将成为这种苛求的祭品。

自从我们上次谈话(以"面对卑微的生命"为题发表于《深圳周刊》)结束又是十八个月过去了,你在这一段时间里有什么新的作品发表吗?

我只发表了一组"旧的"作品,在《天涯》杂志上。那是我十六年前写下的东西。我的作品一般都没有被打上"时代的烙印",因此不需要"折旧",过很长的时间,它们往往还有"新意"。也许正因为这样,这一组小说还能够被收到去年中国优秀短篇小说的一个选本之中。我的作品总是要经过很长的时间才能够被人们认识。我不知道这是我的问题还是"人们"的问题。《遗弃》等待了将近十年,而与《遗弃》同年完成的我的第二部长篇小说至今仍然不能够出版。

你说的是《一个影子的告别》?

是的。去年又有一次"仿真的"尝试。一位北京的书商与我签好了合同。我以为小说能够在今年的春天"上市"。我为这本"几乎"要出版的书写了一个简短的序言。你可以将它发表出来。从这篇序言中,你可以看得出我对生命的"怀疑"。那真是一部多灾多难的作品。我曾经夸口说,这部小说不出版,我的二十五岁生日就不会到来。你看,我已经是快满四十岁的人了,却还在垂涎着二十五岁的生日蛋糕。

好像北岛主编的《今天》杂志发表过它的一个节选?

那只有小说篇幅的二十分之一。小说的评论在《二十一世纪》和《今天》杂志上也发表过了。国内有不少的读者也知道小说的存在。可是,它至今不能够出版。它仍然是一部有"名"无"实"的作品。它仍然是一部有"价值"却没有"使用价值"的作品。政治经济学告诉我们,世界上不存在有"价值"却没有"使用价值"的东西,而我却用自己坎坷的文学实践"证伪"了这条"真理"。

你好像并没有绝望。

但是,我的确不太理解我与出版的关系。你知道,我的"小说集"至今也没有出版。有那么多人鼓噪,有那么多次尝试,而我却总是无法抗拒那只"看不见的手"。我说的不是"市场"。我不知道天将降怎样的"大任"给一个人,才会要如此劳顿他的筋骨和体肤。我们是如此渺小的个人,实在不应该因"大"而失"小"。糟糕,我开始"忆苦"了。这与我"性格不合"。还是来"思甜"吧。你想要什么样的"甜品"?

你的"甜"莫过于又有新作品写成。

是这样。我的汉语仍然能够"触及灵魂",这令我非常安慰。我给国内的编辑写信,自称是"乡音无改"的老客户,希望他们能够接受我的新作。那是一个关于"天堂"或者说关于爱情和死亡的故事。那是一段发生在一九三八年三月二十六日到二十七日深夜的思绪。那是一封在黄河东岸一个小村庄里的一间小屋里写下的情书。故事的主人公已经预感到死亡的临近。他在给他下落不明的爱人写信的时候,绝望地倾诉,他想听她在他的墓碑前吟诵莎士比亚的诗句,比如"我要用珍惜来伤害你",而不是听群众对他的"高尚"和"纯粹"的那陈词滥调似的赞美。他颤抖着告诉他的爱人,"你的声音总是掠过我的听觉"。

看起来，你并没有改变你的方向。

我不可能改变我的方向。这是"宿命"。我的方向是十二岁时那一次偶然的阅读带来的"伤痕"。

"甜品"之后我们应该"买单"了。薛忆沩，最后，你能不能分别用各一句话来评价一下你的两部长篇小说？

这好像是一个智力测验题。我可以加大它的"难度系数"吗？我能够分别用"一个字"来评价它们。我的评价是，《遗弃》：冷；《一个影子的告别》：热。

也许《一个影子的告别》有一天真的能够"热"起来。薛忆沩，让我们用这乐观的期待结束这次访谈吧。

谢谢你。也谢谢我的读者们。

....

后记：

这是我移居海外之后完成的第一篇访谈。它作为"封面专题"发表于2003年7月5日《深圳商报》"文化广场"。

在语言中寻找自己的天堂

薛忆沩,我们终于看到你的新作了。"通往天堂的最后那一段路程"是一个意味深长的题目。

我已经不太记得这个题目出现的具体时间,好像是在小说写到一半的时候。它的确是一个意味深长的题目。它一出现,我的写作马上就有了方向。它一直将我引领到了小说的最后那一个语句。

你的作品总是给读者带来两个故事:一个是作品的经历,也就是"关于"作品的故事;另一个则是作品讲述的故事。

其实,每一部作品都会给读者带来这两个故事,我的作品并不是一个例外。通常,"关于"作品的故事更让人"喜闻乐见",因为它比较肤浅。我们就从这里开始吧。从2000年8月完成中篇小说《一九九九年十二月三十一日》(后来发表于《收获》杂志2001年第一期)以后,我就再也没有写过新的作品了。在那之前的一段时间,虚荣开始光顾我的生活。而我从青春期的初期就已经意识到,荣誉是侵害创造力的病毒。也许我不妨将突如其来的虚荣指控为我一度丧失"生育"能力的祸根?

我不认为这是正确的指控。根据我对你的了解,任何荣誉都不至于妨碍你的写作。

是的。我更应该去寻找"内因"。对缓慢的迷恋和对语言的苛求是长期困扰我的心理障碍。这才是"内因"。这是一对永远的"利空"消息。总之,到2002年底,我意识到我的汉语水平已经跌到了它的"新低"。

也许,这正好是反弹即将开始的信号。

是《书城》杂志的凌越编辑不厌其烦的约稿激起了我重新写作的欲望。2003年4月,在我移居海外十三个月之后,我完成了《通往天堂的最后那一段路程》的初稿。两个月之后,我又完成了对初稿的修改。这第二次"完成"才使我有勇气在不久之后《深圳商报》"文化广场"的专访中吹嘘"我的汉语仍然能够'触及灵魂'"。又过了两个月,小说的最后一稿终于在我的硬盘上固定下来。

但是,这之后又过了差不多九个月,小说才正式发表出来。

我还有已经完成了十五年的作品(我的长篇小说《一个影子的告别》)不能够出版呢。它的评论和很少的一点节选作为《今天》杂志"薛忆沩小说专辑"中的一部分发表都已经两年多了,小说本身却仍然没有机会在国内出版。不过,这一次的延缓是我自己的过错,与"历史"没有瓜葛。我2004年4月中旬才将小说传到《书城》杂志,让它回到了它的"出处"。事实上,仅仅用九天的时间,《书城》杂志就决定完整地刊用它了。据说,这是他们用最短的时间决定刊用的最长的小说。

小说终于发表出来。现在,我们应该回到作品讲述的故事中去了。小说的主体是一封很长的"情书",1938年3月的一天深夜完成于黄河岸边的一座荒废的小村庄。

是的。"情书"的作者是一位来自北美的外科医生。这位名为"怀特"的外科医生正跟随一支运送补给的队伍在前往革命圣地延安的途中。"情书"的第一读者应该是他下落不明的爱人。怀特大夫已经预感到死亡将近。他在激情的记忆和想象中最后一次走向绝望的爱情。

记忆和想象都离不开语言。怀特大夫关于"爱情"的内心独白可以说是一场语言的极限表演。

可以这么说。爱情丰富了我们的语言,而语言又通过不可穷尽的隐喻让爱情变得不可思议。语言让我们见识爱情的复杂和完整,让我们超越现实生活的平庸和片面,让怀特大夫带领我们走近他的天堂。只有通过语言,我们才能够发现爱情的"真实",才能够抵达爱情的极地。也只有通过语言,我们才能够见识生命的复杂和完整,抵达生命的极地。这恐怕也是文学对我们如此重要的一个重要原因。

怀特大夫在"情书"中也表达了对语言的许多不满。

是的。从这个虚构人物的绝望中,读者应该会对语言产生一些不同的认识。怀特大夫看到了语言的暴虐,但是,他却无法逃脱对语言的依赖。这种矛盾是人类精神痛苦的一个根源。怀特大夫直面这种矛盾。他将写作当成是他接近"天堂"的捷径。呈现在我们面前的情书既是他对爱情绝望的发泄,也是他为生命谱写的安魂曲。

小说中的"天堂"是一个充满矛盾和反讽的能指,而小说的结尾将这种矛盾和反讽放大到了极点。

怀特大夫临终前将包括"情书"在内的一些私人物品交托给他的翻译。这位翻译在读完"情书"之后,决定不将它与怀特大夫的其他遗物一起上交组织,因为他相信它会损害怀特大夫的形象。六十多年之后,这封"情书"才由小说的叙述者(翻译的儿子)公布出来。在小说的结尾处,小说的叙述者告诉我们,怀特大夫当年的领队在怀特大夫因为医疗事故离世将近三十年之后的"浩劫"中被指控为"谋害怀特大夫的凶手",被迫害致死。而在同一场"浩劫"中,叙述者的父亲又被同一群年轻人指控为"怀特间谍案"的同案犯,被投进了监狱……历史的荒谬总是出现在我的小说之中。我喜欢这篇小说迷惘的结尾。

不少聪明的读者"发现"怀特大夫并不是"虚构的人物",他的原型应该是对当代中国有着巨大影响的白求恩大夫。你如何回应这种"发现"?

你知道,我一贯反对去指证小说人物的"原型"。小说是"假"的,不应该当"真"。阅读小说,你读到的是文学作品而不是历史档案。我认为,读者完全没有必要将"怀特"与"白求恩"捆绑在一起,不管你是否"聪明"。如果坚持要这样做,我更希望读者能够聪明到"本末倒置"的程度,认定"怀特"是白求恩的原型,而不是相反。事实上,这种认定显露出的是不凡的慧颖,而不是一般的聪明。尽管怀特大夫的"情书"中穿梭着许多历史的具体细节,他却是一个"普遍的"人。他生活在所有的时代。他是每一个被真理和爱情困扰着的具体的人的原型。

可是,"怀特"在英文中的意思正好是"白",这是你的故意吗?

这当然是我故意设计的"语言游戏"。但是,读者没有必要被这个游戏误导,将"怀特大夫"与"白求恩大夫"机械地联系在一起。如果你发现小说中有不少他们"是"同一个人的证据,你也可以发现小说中有更多他们"不是"同一个人的证据。我更希望读者从我的作品里看到自己,看到普遍的人性。

将怀特大夫与原型的关系撇开,你能谈一谈你眼中的白求恩大夫吗?

1971年,在读小学一年级的时候,我曾经是"老三篇"出色的背诵者。三十多年后,我更是有机会研究大量白求恩的档案,包括他自己的大量作品。这前后相隔三十多年的接触都同样令我激动。白求恩肯定是一个"高尚的人"和"纯粹的人"。但同时,他也是一个孤独的人和偏执的人。我相信他会蔑视荣誉的低俗,会恐惧"神化"的羞辱。他是出色的外科医生,优秀的医疗器械设计者,业余的画家,内行的摄影家,勤奋的写作者。除了新闻报道之外,他还写过短篇小说、诗歌和广播剧……总之,他是一个在生命的"艺"和"术"之间焦躁不安的创造者。他想用他精力充沛的生命和他桀骜不驯的激情来创造他创造不出来的作品。"不远万里,来到中国"是他这种创作活动的最后阶段。

这样看来,他的确有一点像小说中的怀特大夫。

可以说是非常像。白求恩从青年时代开始就在不停地写信。他的许多信都写得非常长。毛泽东在《纪念白求恩》中就提到白求恩给他写过"很多信"。这是一条容易被人忽视的重要信息。但是,在白求恩生命的最后那几个月里,他书信的数量突然暴跌,长度也越来越短。那是他身心憔悴的痕迹。同时,他也越来越想家了。他越来越想家。他想喝很香的咖啡。他想读英文的报纸。他在一封信里抱怨说,他有一年多的时间没有见到过英文的报纸了。在那致命的医疗事故之前,他已经安排好了回家的行程,尽管他说在北美休整一段时间之后,他还会回到中国的抗日战场上来。白求恩是一个生活得非常彻底的人。他是极端的理性与极端的感性不可思议的结合体。我们很难想象,要将这两种极端的力量牢固地结合在一起,一个生命需要承受怎样的痛苦和冲撞。极端的痛苦其实早已经决定了白求恩的命运。那致命的医疗事故不过是让我们这些常人能够心安理得的理由。

怀特大夫的确与你眼中的白求恩大夫有许多相似之处。他们都是平庸生活的反抗者,都是充满痛苦的艺术家……有人说,痛苦是艺术家的金矿。

同时,它又是艺术家一生的债务。我一直认为,可能有成功的作品,但肯定不会有成功的作家。原因就在于,对写作的苛求带来的痛苦最终总是会击败任何一个虔诚的写作者。不久前,在美国作家奥茨新出版的随笔集中,我读到了类似的说法。她说,一个真正的作家,不管多么"成功",总是会有一种失败的懊丧。我想,失败是写作的宿命。

为什么会是这样呢?

在同一本随笔集中,奥茨又说了一句惊人的话。她说,写作是一种思乡。这也许就是那注定的"失败"的根源吧。写作思念的"故乡"是一个它总是在经过,却永远也不可能抵达的地方。那个地方有一个固定的名称:它叫做"语言"。总是在远离写作者的"语言"就是写作思念的"故乡"。语言总是带给写作者一种"流离失所"的伤感。能指与所指之间不可能的同一早已经注定了写作失败的命运。

难道完成了一篇新作不是一种成功吗?

恰好相反,每一次完成在我看来都是一次被证实的失败。

然后,作家要怀着对灵感的敬畏和对生命的奢望战战兢兢地走向新的作品,走向新的失败。

那么,你会有新的"失败"吗?

我的作品通常是建立在铺张的研究和苦闷的冥想之上的。接着还要等待侥幸的灵感和经受苛刻雕琢。我不知道我的下一次"失败"埋伏在哪年哪月的哪一天。

如果那一天到来的话,你新的"失败"将是关于什么的呢?

"1938年3月的一天"对我来说恍如昨日。它会让我有"当局者"的迷惑。我向往更加久远的年代。更加久远的年代反而让我感觉纯澈和清晰。我真正的兴趣在十六世纪和十七世纪。现在,我与那些用自己的一生来寻找三次方程的巧妙解法同时又对遥远的中国充满想象的意大利数学家们关系密切。将来有一天,我也许会创造出他们的一个"原型"来。

最后,我们还是回到《通往天堂的最后那一段路程》上来吧。你对你在海外完成的这第一部作品有什么样的期待?

我在给编辑的信中说,我希望这部作品能够给2004年夏天的祖国带来一阵不寻常的思绪。现在,我希望这不寻常的思绪能够穿过夏天,能够延续更长的时间……

后记:

这篇访谈作品最初刊载于2004年6月27日《深圳特区报》"鹏城今版",后来又收在列入"中篇小说金库"第一辑的《通往天堂的最后那一段路程》单行本中。

与薛忆沩谈《流动的房间》

薛忆沩,很高兴看到你的小说集《流动的房间》的出版。在中国,一位名气最旺的作家也要保持高产。夸张一点说,似乎一年不写一个长篇就不是作家。这种体制性的因素在你身上完全没有,你有数量的焦虑吗?

用"阶级斗争"的语言,你可以用"赤贫"来定性我写作的"数量"。小说集《流动的房间》是我用十八年时间完成的作品。我没有你说的那种焦虑。原因至少有两个:首先,我有太多其他的"焦虑",比如对语言的焦虑。有时候一个副词的选择会让我彻夜难眠。还比如对时间的焦虑。我现在每天都需要时间来做运动,比如游泳一千米。如果有一天抽不出那四十分钟时间,我就会焦虑。这后一种倒有点像是"数量"的焦虑;第二,我从来就不是(或者不能是)一个专职的作家。我过去是教师,我现在是学生。我现在有许多学生的焦虑,比如刚写好的这一篇论文会得怎样的分数?我还有生理的焦虑,不知道人到中年了,为什么突然会"返老还童",重新过起"小二郎"的日子。

我大概永远也不会成为一个能够靠写作"吃饭"的作家。这本来应该是我的"不幸"。万幸的是，这种无能并不会引起我的焦虑，因为我基本上是一个不要"吃饭"的人。我的意思是说，我对物质生活的要求极为肤浅，有时候会肤浅到令人喷饭的程度。

能够在今天这样的环境下出版小说集真是很不容易，所以大多数写作者更愿意去写长篇。据说目前我国每年出版长篇将近一千部，你怎么看待这种现象？

很久很久以前，在还没有任何一家文学刊物愿意刊登我的写作的时候，我曾经说过一句逆耳的忠言。我说，中国文学如果想要有巨大的进步就要将中国的文学刊物关到只剩下一两家。我的意思是文学作品数量的泛滥对文学质量的提高只会产生阻碍的作用。现在，我对"供给"的数量已经不那么苛求了。我觉得每年出版很多的长篇小说并不重要，重要的是这种"供给"能够创造怎样的"需求"以及怎样创造"需求"。我在意我们每年出版的这些作品中有多少能够进入我们的大学教育体制，成为解读和批评的对象，成为文化传承中的一个节点。大学是文学的集散地。如果现在出版的作品不能够进入大学，这种"供给"就没有意义。《流动的房间》中的一些作品曾经进入过大学的本科生和研究生的课堂，这是它们的荣幸。

现在，西方的出版也不景气。不过市场上每年总是会出现几起畅销的"奇迹",同时那些不亢不卑的纯文学的"幽灵"也总是能够在市场的狭缝里顽固地出没。与中国的情况很不相同的是,这些"奇迹"和"幽灵"最后都能够进入大学的教学大纲,不仅影响到学生的学分,同时波及到未来的创造力及购买力。比如,《达·芬奇密码》很快就能够被大学教授链接到"骑士文学"的血脉之中,而那些不可一世的文学天才的新作也总是能够及时成为师生们咀嚼和切磋的对象。

你在国外学习英美文学,西方文学传统对你这样一个以汉语为母语的写作者有什么样的影响?

语言是世界上最神奇的东西。它是一种生理功能,大脑的功能。我大脑的配置比较落后,这是我的难言之隐。我曾经可以用法语写不坏的作文,但是,到了要用英语作文的时候,我却不得不将法语忘掉,将羞涩的内存腾给它历史上的宿敌。我不能够同时打开许多的"窗口"。

不过,我赖以写作的汉语依然保存完好。收集在《流动的房间》里的《通往天堂的最后那一段路程》是我"背井离乡"之后的第一部作品。它的语言获得了那么多的好评。我两年前在一个访谈里恭维自己,说我的汉语依然能够"触及灵魂"。现在,我也不时清点一下自己的"语料库"。我很清楚,那里的一些词语因为时间的覆盖已经失去了光泽。但是,我确信我没有丢失任何的珍品。对于汉语,我需要的顶多是"除尘",而不是"挂失"。

在文学上,我迷恋歌德的"世界文学"的信仰。向一切文学成就学习是一个热爱写作的人的道德和"法门"。这种迷恋令我受益无穷。有一天,我从一个英国人推荐我看的一位捷克作家的小说中读到一段关于十八世纪的书商的细节。一个神奇的句子出现在我眼前:"被查禁能够增加一本书的魅力,却不能增加一本书的智力。"这个句子本身显示了一种怎样的智力呵!在许多小语种的作品里,我们经常可以读到触目惊心的大智慧。

在我看来,你的作品是真正讲究叙事的。你总是给读者带来两个故事。一个是"关于"作品的故事;另一个则是作品讲述的故事。你不仅继承了二十世纪以来西方现代的叙事成果,又能够很好地将它与具体的中国历史和文化联系起来。所以你的作品不会让读者感到隔膜。在国内,不少人一直对怎么写和写什么争吵不休,你好像从不加入这种争吵。

谢谢你对我作品的评价。争吵起来我就会说不出话,这是我的"生理缺陷"。所以,我不会加入任何形式的争吵。这是"避短",是一种务实的明智表现,而不是清高。"争吵不休"是没有意义的。其实,只要真的想写,时间就会告诉你怎么写。时间是最伟大的导师。

"怎么写"的根基是对生命的忠诚、对写作的狂热以及对语言的崇敬。收集在《流动的房间》里的许多作品都是在我与那些"什么"厮守了许多年之后才知道"怎么"写的。它们是"忠诚"、"狂热"和"崇敬"的结晶。我从来没有一劳永逸地知道过要"怎么写"。写作永远是"未完成的"。一个好作家不会相信自己彻底知道了要怎么写。"下一部作品"总是对每一个好作家的挑战和威胁。"向前看"总是会令一个好作家忐忑不安的。

非常喜欢你关于革命的几个短篇,如《首战告捷》、《一个历史的转折点》和《通往天堂的最后那一段路程》。我觉得这些作品对革命的残酷性表现得非常充分,对个人命运与历史命运的反差有深刻的领悟。它们与中国二十世纪以来所有的革命叙事都不同。

的确有不少人喜欢那些作品。关于革命的话题在我的文学世界中出现得很早。长篇小说《遗弃》的主人公图林就曾经创作过一篇题为"革命者"的作品,作为他7月22日的日记。《遗弃》的主人公是一个了不起的"写作者",我从他那里学到了不少的东西。很可惜,他只是一个虚构的人物,很可惜。为了显示对他的崇拜,我特意将他的一篇作品收集在《流动的房间》里:这就是《老兵》,小说集里篇幅最短的作品。在《遗弃》里,《老兵》是距《革命者》一星期之后出现的作品。它也是一篇关于"革命"的小说。与其他那些作品的主人公相比,《老兵》的主人公完全是"草根"。可是他对"革命"的领悟同样非常透彻。那是我自己非常欣赏的作品。

另外,在我完成于1989年1月,至今不能出版的长篇小说《一个影子的告别》中,"革命"同样是一个关键词。"影子"在叙述的链条上向与自己的"革命"密切相关的一个个人物"告别",那事实上就是向"革命"告别。后来,在《今天》杂志上发表的一篇评论注意到这部小说是"告别革命"这个后来在中国引起关注的话题最早出现的地方。小说从一个"革命者"的角度预言了一个重物质轻精神的时代的到来。这部小说的节选在《今天》杂志上发表过,但是,它的足本可能永远也没有机会在国内出版。

在中国,作者难免不摆出高高在上的姿态。他担心的是读者不明白,所以话要说满甚至说溢,八分的话说十分,于是作品的味道全部流失了。既不优雅也没有深度的作品,读者是不会满意的。你怎么看待这种现象?

在我看来,文学是"文"与"学"的神秘结合。它受到许多古老的美学原则的制约。古典主义的节制始终是我诚服的原则。这种原则体现了对读者的信赖。

节制也可以说是一种"化简"。"化简"与"简化"不同。"化简"是对阅读的致敬,"简化"是对阅读的贬低。《流动的房间》可以看作是我诚服节制原则的一个见证。

节制应该是来自古希腊人对数学,或者更精确点,是对几何学的崇敬。数学是一切智力活动的基础,是审美的基础。数学告诉我们"多少"是足够的。这"足够"不仅仅是一个"数量"的概念,更重要地,它还是"质量"的保证。

听说你在学习用英语写作,你能谈谈这方面的体会吗?

我现在仍然是一名全日制的学生。去年我选了一门叫"小说形式"的课。那其实是一门写作课,选课的学生几乎每个星期都要用英语写一篇极短的小说,而期中要写一篇较长的小说,期末要写一篇更长的小说。在等待《流动的房间》出版的过程中,我就沉浸在这种"小说形式"里。我的老师是加拿大一位出名的纯文学作家。我很内疚我一直没有向她暴露过我与写作之间长期的"亲密关系"。她只知道她的这个学生每星期都会交来一篇优秀的作业,不知道这个学生在地球的另一侧原来是她的同行。

这门课给了我极大的推动。从我的第一篇作业开始,我的写作不断受到老师的表扬。老师表扬我故事的深刻、结构的精巧以及语言的细腻。这种不断的推动促使我完成了最后那一篇"更长的"小说。在小说中,皇帝问传教士是否能够发明一种仪器,帮助他记录下他的宠妃的每一个表情。那个传教士却建议皇帝学习令他不堪忍受的记忆术。这次写作让我"浅尝"了用英语写作的快感和艰辛。但是,我不知道我能够在这条道路上走多远。我希望我不要仅仅停留在一个皇帝对生命和爱情的困惑里。我希望我能够走得更远。

在你的作品里,我发现你对科学和历史都非常着迷。这是否与你的工科背景有关系?记得你谈到十二岁的一次阅读经历注定了你写作的宿命,你为什么没有直接上中文系?

几年前在伦敦遇见一位很有眼光的评论家。谈话中,他突然抱怨王小波的作品有太重的"理工科"色彩。我马上提醒他说我也是学"理工科"的。意思是,我的作品也应该遭受到他的批评。没有想到,这位评论家反驳说:"不,你的作品不同。你的作品很感性。"在他看来,我将文理的平衡把握得很好。

我的写作肯定与我的教育背景有关。我一直喜欢科学,我一直崇尚节制,我相信数学是美学的基础。但是同时,我的作品又是极为感性的,它们根植于我敏感脆弱的本性。

我没有学文科是一个历史的烙印。那时候,成绩好的学生都不去学文科。而到了大学,我终于成了成绩不好的学生。我的文学好像终于找到了存在的理由。

文理的分科其实没有必要那么粗暴。在西方,有不少人既写科普作品,又写纯文学作品。我也很想将来能够用汉语写出一些很受欢迎的科普作品。

现在回过头来看,你这种复杂的跨学科的求学经历对你的写作应该是有益的,还有你跨度非常大的生活经历。你怎么看待自己的经历与写作的关系?

我总是强调"生活来源于艺术"。关于生活,一个真正的艺术家一定会有比其他人更复杂的困惑,因为他能够同时生活在不同的时空里。记得博尔赫斯写的《博尔赫斯和我》吗?或者他为莎士比亚写的那篇著名的小传。一个艺术家其实已经没有通常意义上的"经历"。他的"经历"只是他人对他的简化。尽管我还没有完成或者永远也不可能完成我梦想完成的那部艺术作品,我却不愿意用世俗的逻辑去简化自己。

在我看来,我的经历没有什么"跨度"。十岁的时候,我最喜欢的公共场合是母亲单位的"图书室"。到了现在这充满困惑的"不惑"之年,我最喜欢的公共场合不过是升级成了形形色色的"图书馆"。我将近十八年的创作能够收集在这一本《流动的房间》里,也正是我的经历没有"跨度"的证明。我的生活始终围绕着印刷品。抽象点说就是围绕着"知识"。而用我总是对儿子唠叨的一句话就是:"一个人一旦被知识迷住了,他就永远成了一个无知的人。"

国内写作状况非常不稳定,大家都被这个消费时代催逼着,年轻人赶紧通过新概念作文比赛成名,老年人连忙重复出版各种文集以求不被文坛遗忘,正当年的则被出版社催着赶着出长篇,不顾市场的容量,动辄起印上十万。这种不正常的状况对作家的心态特别不利。像你这种"不入流"的作家还是更适合生活在"别处",你应该庆幸命运的眷顾。

访谈开始,我们遇到了"写作"的数量。现在,我们又遇到了"出版"的数量。数量是我们这个数字时代无法逃避的局限。我前面说过,数量通常不是对作品价值的正确注解。

天文学上的数量是另一回事。"光年"的漫长和历史的荒谬一样,能够启迪关于生命的智慧。与无限的宇宙相比,一个特定星球上的一个特定国家中的一个特定行业里的一个特定品种的"数量"还有什么特定的意义呢?我有一次访谈的题目叫"面对卑微的生命"。我在那里谈到,如果一个人对天文学上的"数量"有所领悟,他就会理解生命的卑微,他就会心平气和地对待其他的"数量"。

我个人的情况可能有点特殊。我应该是一个不具备任何参考价值的"个案"。在"小说形式"课上写成的一篇小故事里,我的主人公与他的"阴影"在一个充满不安记忆的广场相遇。他的"阴影"问他为什么来到那里。主人公说是为了"记忆"。而他的"阴影"却说他自己来到那里是为了"遗忘"。从1987年《作家》杂志头条发表我的中篇小说至今,我有两次"告别"文坛的经历(第一次完全出于被迫)。这种经历告诉我,对一个注定的写作者,阶段性地被人遗忘或者遗忘自己不见得是一种很糟的生命状态。写作的生命有时候需要承受遗忘之"轻"。

其实,所有的人都是会被人遗忘的,这是上帝的"统筹安排"。而遗忘自己可能更是一种"超前的"消费。我庆幸自己能够享受这种消费,因为首先我在生理上不喜欢"热"和"闹",同时我在心理上又很抗拒"热闹"。还有,我对生命的卑微有很深的认识。这种认识剥夺了我对别人的记忆的奢望。

现在,小说集《流动的房间》终于出版了。我不希望它成为保存记忆的工具或者开发记忆的"新产品"。阅读应该"眷顾"的是流动的房间里的"家珍",那些兢兢业业的文本,而不是它们自惭形秽的"主人"。

后记:

小说集《流动的房间》的出版是我写作生涯中的一件大事,它将漂泊不定的我带回到了文学的视野之中。这次的采访提纲由小说集责任编辑申霞艳提供。访谈原稿刊于2006年2月19日《深圳商报》"文化广场"。

对话薛忆沩:从这一"步"到下一"部"

薛忆沩,我们知道你在八十年代末完成《遗弃》和《一个影子的告别》等两部长篇之后终于又进入了长篇小说的创作状态,写作并发表了新作《白求恩的孩子们》。你跨出这新的一步花费了二十年的时间。曾经有评论家注意到"时间"是你文学道路上的一个突出因素。你自己也这样看吗?

我每一篇作品都要经过反复的修改和重写。我不少作品的发表都充满了坎坷。我大多数作品的"出名"与出版之间也总是相隔着"时间"之谜。《遗弃》是一个著名的例子。它出版八年之后才突然从一部默默无闻的小说变成了"众所周知"的名作。而去年发表的《小贩》是我"用三十三年时间"写成的短篇小说。这种神秘的时耗是我不愿意看到又必须接受的事实。我已经学会了与这种消极因素相处。我甚至会"苦中作乐",将虚荣和实惠的延迟当成是一种扎实的荣誉。我的写作就像是长跑,它需要身体和精神的韧性。

从你新作的题目很难猜想小说的内容。"白求恩"当然是一个家喻户晓的符号。你被林贤治等评论家高度赞扬的《通往天堂的最后那一段路程》已经从一个独特的角度接近过这个符号。大家都认定"白求恩"是那篇小说主人公"怀特大夫"的原形。在你的新作里,"白求恩"扮演了父亲的角色,而我们知道,现实中的白求恩从来没有做过父亲,你小说中的"白求恩的孩子们"指代的是什么人?

《白求恩的孩子们》展示的是两个中国家庭(尤其是两位母亲)和三个中国孩子的命运。它的时间跨度是二十世纪七十年代初到北京奥运会前夕。它的空间从中国南部的一座小镇伸延到北美的双语城市蒙特利尔(那是白求恩来到中国之前居住的城市,也是小说的叙述者离开中国之后居住的城市)。"白求恩"是一座用文字建构的迷宫,一座历史的迷宫。中国从二十世纪五十年代到七十年代出生的人都曾经走进和走出(或者走不出)这座迷宫。他们都应该被包揽在"白求恩的孩子们"这个特殊的群落中。这个群落甚至还可以包括我在加拿大遇见过的一些当地人。白求恩的精神养育了他们。白求恩是他们精神上的父亲。"白求恩"和"孩子们"为我的想象提供了巨大的空间。我在这个空间里重新审视了七十年代以来的中国历史,将近四十年的中国历史。

这部小说的主题是什么呢?

如果说《遗弃》聚焦于个人的生存状态,《白求恩的孩子们》着重的就是个人与历史的关系。个人与历史的关系中充满着"荒谬"的细节。这"荒谬"是文学存在的理由,也是文学的永恒主题以及文学智慧的源泉。我的许多作品,尤其是我的"战争系列"作品(如《首战告捷》、《历史中的转折点》和《通往天堂的最后那一段路程》等)都试图揭示这种以不同方式困扰所有人的"荒谬"。《白求恩的孩子们》是这条文学道路的伸延。

长篇小说这种形式为你的探索提供了更多的可能性吗?

是的。我称这部作品是布满笑料的悲剧。篇幅上的相对自由为叙述提供了许多缓冲区,让叙述者可以将许多幽默的素材安插在叙述的链条上,用反讽来增加叙述的张力。当然,我没有滥用这种自由。《白求恩的孩子们》结构非常严谨,语言相当讲究,叙事风格坚守我一贯坚守的"节制"原则。

这部作品的献词提到了"必须的奥秘",这是理解这部作品的一个关键词吗?

白求恩在离开加拿大之前给他最重要的情人留下了一句

话,说她知道他为什么"必须"去中国。这就是献词中"必须"一词的来源。我长期研究白求恩的档案,这"必须"对我一直是一个谜,一个巨大的存在之谜。我相信白求恩本人知道它的谜底,他的情人也知道它的谜底,但是,我们不知道,我们这些深受他影响的"白求恩的孩子们"不知道。写作的野心之一就是帮助我们解开存在之谜。通过作品中三个孩子的命运,我开始理解了这"必须的奥秘"。这奥秘再一次见证了历史的荒谬。

你移居异域已经将近十年了,你在小说中的这些历史和哲学性的思考,是否与"离去"有关?一个作家生活疆域的扩大是否有益于他写作疆域的拓展?

我的作品中一直充满着历史和哲学性的思考。我的"战争系列"小说被我自己称为是"历史外面的历史",而我的《遗弃》曾被何怀宏教授列为中国的三本哲理小说之一(另外两本是《黄金时代》和《务虚笔记》)。当然,异域的生活让我有机会接触到更多的历史著作,让我有更多机会接触到关于同一个历史事件对立的证据和对立的解读,这对我认识历史的荒谬无疑有很大的帮助。不过,生活疆域的扩大与写作疆域的拓展之间也许并没有太直接的联系,因为文学并不是见闻。文学的洞察力和想象力有更神秘的来源。卡夫卡一辈子几乎没有离开过自己出生的城市,但是,他对生活的认识超过无数"行万里路"的人,他精神的疆域几乎囊括了全部的人类生活。

但是,母语之外的语言无疑是非常重要的。

世界上有许多不懂外语的好作家。用母语写作的质量与作者是否掌握母语之外的语言也没有必然的关系。一个写作者必须对自己用于写作的语言怀有激情、敬意和警觉,这是关键。不过,《白求恩的孩子们》的情况有点复杂。它最初的部分是我在一位加拿大著名作家开设的硕士写作班上完成的期末作业。后来,我继续用英语写成了整部作品……但是,直到我用汉语重写出这部作品之后,我才对它充满了信心。这次奇特的创作经历让我对汉语和英语在我个人写作过程中的作用有了深刻的认识。

母语之外的语言使你在异域的创作有了更多的空间,也使它变得更加复杂。

是的。除了那些积极的影响之外,语言之间的冲撞也必然给写作者带来更多的困惑和焦虑。因此,一个远离祖国的写作者比一个远离祖国的牙医或者厨师面临着更大的精神考验。

那么,这些年的异域生活中让你最有体会的到底是什么?

我的生活方式非常落后。我喜欢读书,喜欢宁静,喜欢步行和跑步,喜欢听陌生人的故事,喜欢听收音机,喜欢从事与前途没有关系的学习……在异域,我的这种生活方式能够得到充分的满足。当然,重要的是还要能够顶住寂寞。寂寞来自意义的丧失。布罗茨基在一篇关于流亡的随笔中说,异域生活教给作家最重要的东西就是生命的"无意义"。卑微感是战胜寂寞的武器。我在很小的年纪就对卑微有很深的认识。卑微感几乎是我的童子功。我开始异域生活之前发表的访谈题目正好是"面对卑微的生命"。而我对细小的事物也会有很大的兴趣,路边的一棵野草可能会比一个著名的文学奖更引起我的兴趣。这种习性让我对寂寞有更强的抵抗力。

去年你结束了长达八年的漂泊,到香港城市大学做访问学者。这被人们视作是你的"回归"。我想知道,"回归"会给你带来新的身份焦虑吗?

我仍然在漂泊,暂时还没有"回归"的焦虑。但是,一旦"回归"成为我的航向,我相信自己会被新的身份焦虑困扰。"离去"和"回归"其实都是充满悖论的概念。物理的离去可能就意味着精神的回归,而物理的回归又可能意味着精神上的疏离。

有没有可能摆脱这种困境呢?

佩索阿曾经说葡萄牙语是他的祖国。我想,当"故乡"和"异乡"在现实中位置颠倒的时候,精神的家园是非常重要的。我迷恋语言,迷恋词、句子和表达。我对地理的乡土已经越来越淡漠了。我同样也认语言为故乡为祖国。这种认同当然能够缓解那种焦虑。只要我还在写作,只要我还有能力写作,我就会感到内心的平静。只要能够写出下一部令自己满意的作品,我就会得到内心的平静。

你还有另一种更简单实用的"武器"。

是的。近年来,我迷上了长跑。现在,我几乎每天都要跑五千到一万米。在异域,我有很理想的长跑路线。这次回国,我发现北京和深圳同样有令我激动的长跑路线。在北京的时候,我每天清早五点起来,从距离天安门八公里的朝阳区东侧沿建国路和长安街一直跑到复兴门外大街。在深圳,从莲花北跑到华侨城是我的理想路线。这种长跑模糊了异乡和故乡之间的差别,也有利于缓解身份的焦虑。

这样的运动强度在中国作家中非常罕见。

是这样。它又一次呼应了关于我是"异类"的标签。

你会继续长篇小说的创作吗?你的下一部作品会是什么呢?

我还会继续。我现在至少有三部长篇小说的写作计划。我的下一部小说也许与"李尔王"有关。这是一个跨越五十年(从二十世纪三十年代到八十年代)的故事。我已经为这部作品做了大量的研究,包括反复阅读莎士比亚的剧本。这部作品中会有许多关于语言的讨论。

....

后记:

这篇访谈发表于2011年8月8日《深圳商报》"文化广场"。采访提纲由《深圳商报》文化记者刘悠扬提供。

长跑和长篇：身体与精神的韧性

薛忆沩，媒体上称你是中国文学界"最迷人的异类"。除了你文学创作的特质之外，你富氧的生活方式也无疑是你"迷人"的因素。许多读者都知道你喜欢徒步和长跑……

尽可能"以步代车"是我生活中的一个原则。当年，我喜欢从自己任教的深圳大学走回位于深南路最东端的住处（二十多公里）。据说这种经历是目前在深圳很流行的"暴走瘦身运动"的前奏。现在，我居住在纬度很高的北美城市蒙特利尔。徒步依然是我的正在进行时。在零下三十度的冰天雪地，背二十公斤的重物，从四公里外的超市走回家对我也不算什么事情。

你的长跑好像也发源于深圳。

可以这么说。那时候，我经常在深圳大学的校园里跑步。每年的元旦，我也总是用长跑来"迎新"。我的路线是沿深南路从设计院跑到深圳大学的北门，那大概相当于半程马拉松的距离。与现在相比,我那时候的长跑还只是业余水平。在《我的长跑教练》一文中,我调侃过自己当时的长跑水平。

现在,你应该不会再一路上"气喘吁吁"了。

加拿大优越的自然和人文环境成全了我的许多嗜好,包括长跑。在我居住的城市的中心就有不少理想的长跑路线,包括在各种季节都美不胜收的山路。长跑现在成了我的日常生活。我每天都跑。而且,我已经完成了好几轮的"提速",已经越来越专业了。

听说你将这种嗜好也随身带回了北京和深圳。

是的。在北京停留的那一段时间里,我每天早上五点钟起床,长跑十公里左右。我的主要路线是从接近东四环的大望路沿建国路一直往西,最远的一次跑到了军事博物馆。深圳也有不少很好的长跑线路。到深圳的第二天,我从彩田村出发沿深南路跑到了华侨城,大概有九公里吧。

这每天十公里的长跑无疑更突出了你的"异类"特质。

其实长跑更有利于认同。我有十二年没有到过北京了。长跑让我对北京的街道、建筑和清晨产生了亲切的感觉,冲淡了我们之间十二年的隔膜。

长跑还有什么其他的好处?

这不是一个简单的问题,因为不同的人对它的回答可能并不一样。对我来说,长跑可以消除大脑的疲劳以及与之并发的心理病症。我对语言和文体有极苛刻的要求。而苛刻的写作经常会让我的大脑处于危险的临界状态。长跑能够将我拉扯出来,拉回到正常和平常的状态。我并不相信长跑能够延年益寿。在我看来,长跑更像是一种及时的救治。它面对的是现在,而不是未来。

这样看来,你的长跑与你的写作的确是息息相关的。

是的。对我来说,长跑不仅是一种行动,还是一个隐喻。我的写作本身就是长跑。它的终点总是在更远的地方。我从一开始就知道,需要磨练出非凡的耐力,我才有可能写出令自己满意的作品。

你的长篇小说创作和出版的曲折经历正好是这个隐喻贴切的注释。

《遗弃》是我的第一部长篇小说。它"速成"于1988年的夏天,初版于1989年的春天。但是,在出版后的八年时间里,它仅有"十七个"读者。不过,在上个世纪最后的那几年里,它突然变成了文化的热点。有批评家甚至将它列为中国现当代文学的"四十九种理想藏本"之一。1999年,《遗弃》的修订本出版,并且很快销罄。现在又有出版社准备再次出版这部作品。这是一个机会。我盼望着能对它进行一次更加彻底的修改。

去年香港的《明报》月刊发表过一份题为"《遗弃》二十年"的文学档案。《遗弃》可以说是中国当代文学中的一个传奇。

与这传奇相比,《一个影子的告别》的命运就显得过于单调了。它是我的第二部长篇小说,创作于1988年与1989年之交,也就是《遗弃》完成的半年之后。它的经历中只有"坎坷",没有喜悦。时至今日,这部小说仅有一段节选发表在《今天》杂志上。这顽固的"坎坷"让我在二十年的时间里对长篇小说创作失去了信心。

但是二十年之后,你终于走出了这种阴影。

是的。二十年之后,我重新开始了长篇小说的创作,于去年底完成了我的第三部长篇小说《白求恩的孩子们》。现在,这部作品正在台湾的《新地》文学季刊上连载。它的繁体字单行本也很快会在那里出版。它已经引起了海峡两岸文学界和知识界人士的热切关注。

它是一部什么样的作品呢？能简单谈谈吗？

《白求恩的孩子们》是我的三部长篇小说中故事性最强的一部。它由叙述者写给白求恩（一个死去七十年的异乡人）的三十二封信（也就是三十二个故事）构成。这些信公开了两个中国家庭（尤其是两个"疯狂"的母亲）和三个中国孩子从七十年代初期到北京奥运会之间将近四十年的悲剧生活。叙述者相信，他记忆中的这种特殊生活揭开了白求恩为什么要"不远万里来到中国"的历史谜团。

这应该是你移居加拿大以来最大的作品了吧？

是的。更重要的是，它的创作过程与"异域"有密切的关系。这部作品发源于我在加拿大著名作家格尔·斯科特在蒙特利尔大学英语系开始的写作课上得分 A^+ 的期末作业。在写作课结束之后，我用一年多的时间将原来仅含七个故事的作业扩展成了由三十二个故事组成的长篇小说。

也就是说,《白求恩的孩子们》最开始是用英语写成的。

去年8月,也就是在英文稿完成一年之后,我才在国内一家文学期刊编辑的反复催促之下,用汉语将作品重写出来。这个重写的过程花费了整整五个月的时间。这种高强度和高难度的重写让我对写作产生了许多奇妙的认识,也让我对这部作品本身充满了信心。

这种始于英语、终于汉语的创作过程奇特而曲折。从这一点上说,《白求恩的孩子们》应该是中国文学中一个"异类"的例子。

这部不到十四万字的作品经由两种语言,耗费三年时间,它对身体和精神的韧性提出了很高的要求。没有长跑的支持,我不可能承受住这种考验。

这样的创作一方面是一种艰巨的考验,另一方面又应该是一种美妙的体验。

你说得对。这种过程教给了我许多东西。我为自己有幸获得如此罕见的美学体验而自豪。这种体验使我对两种语言(以及"语言"本身)都有了更深的理解和更深的敬意。

你能谈谈小说出版过程中的一些情况吗?

首先当然是在国内的努力。在所有的努力都以失败告终之后,我在2月中旬将书稿传给了台湾《新地》文学季刊主编郭枫先生。信奉"为社会而文学,为人生而艺术"的郭枫先生只用了一个小时,就决定以特稿的形式从马上就要付印的当期杂志开始分三期连载这部作品。为此,他撤下了已经编定的当期《新地》上的大部分稿件。《白求恩的孩子们》的第一部分在3月初与读者见面。它不仅立即得到了痖弦和马森等台湾文学界老前辈的赞扬,也激起了不少年轻文学爱好者的兴趣。

我希望国内的读者很快也会有机会读到这部奇特的作品。

国内最优秀的文学期刊编辑们对这部作品有一致的高度评价。国内的媒体也已经在开始关注这部作品。利用这次回国的机会,我自己也曾在北京、广州、深州和长沙等地的读书活动中谈论这部作品。但是,我对国内读者什么时候能够读到简体字版没有任何把握。

你对写作有苛刻的要求。你写得很少,发表得很少。在过去的一年里,除了《白求恩的孩子们》之外,你还发表过什么作品?

其实我的发表突然在开始加速。2月份,规格很高的《新世纪》周刊发表了我的一个短篇小说,那是我"深圳人系列"小说中的一篇。7月份出版的《花城》杂志刊登了我的两篇很短的小说。那是我反复重写的"旧作"。去年秋天,我在《今天》杂志上发表了"长篇"随笔《一个年代的副本》,那是我对"七十年代"的回忆。另外,应《收获》杂志约写的近三万字的随笔《异域的迷宫》是我关于这九年来异域生活的回忆,它应该很快也会与读者见面。而最令我得意的是这一年来在《上海文化》杂志上连载的《与马可·波罗同行》。这部解读卡尔维诺《看不见的城市》的作品被行家誉为是"天才之作"。我自己也特别看重它,因为写作它的强度和难度几乎令我精神崩溃。它是我"冒着生命危险"写下的作品。

很高兴你在过去的一年里取得了这么多的成绩。也希望你的长跑能给你带来更强的韧性和信心,希望《白求恩的孩子们》能够在国内出版。

谢谢。

后记:
这是为一家深圳报纸准备的访谈作品,与前一篇几乎同时完成。但是,它最后没有公开发表。

"最迷人的异类"

每次手机来电显示为"未知"的时候,我接到的就是薛忆沩老师从加拿大打来的越洋电话。"薛忆沩"已经是在读者中流传了多年的名字。他被称为是中国文学中"最迷人的异类"。他的"最迷人"之处在于他已经创造过很多中国文学的"纪录",比如他的第一部长篇小说《遗弃》出版之后八年,读者数量不足十七人,后来却获得何怀宏、周国平、刘再复等文化名人的强力推荐,被称为是中国的三部哲理小说之一(与《黄金时代》和《务虚笔记》并列);再比如他的《通往天堂的最后那一段路程》与《阿Q正传》等经典作品一起入选《中篇小说金库》第一辑,并被著名评论家林贤治称为是他"所见到的中国当代为数极少的最优秀的小说之一"。他是那一辑的十二位作家中唯一的"60后"。

薛忆沩还创造过不少与文学没有直接关系的"纪录",比如连续三个星期每天在北京的街头长跑十公里；比如在长达八十天的漫长冬季，每天都在蒙特利尔皇家山的山顶上溜冰。

在已经到来的2012年，薛忆沩再创文学的纪录：他将有五本新书同时上市，包括重写的《遗弃》。毫无疑问，"薛忆沩"会成为2012年中国文学界和出版界的关键词。在电话的那一头，薛忆沩希望他即将上市的作品多少能够激起一些读者对"写作"这种古老事业的"怀旧情绪"。

薛忆沩深知我们正生活在一个"不需要写作，更不需要认真写作的时代"。但是他狂热地表示他"需要写作，更需要认真地写作"。这位中国文学界"最迷人的异类"心甘情愿成为"一个落后于时代的人"。

薛老师，您马上将有五本书要"同时"上市。这可以说是您这位"深圳人"创下的又一个"全国纪录"。

加上很快将在台湾出版的《白求恩的孩子们》，应该是六本书。我不知道这是不是"全国纪录"，但是这无疑是我个人文学道路上的又一次"高潮"。

许多读者都知道您的出版一直不顺。我记得著名作家残雪甚至在一篇文章里写道,对您作品的不重视是中国文学界的"耻辱"。

也许不能责怪"文学界",因为我一直自愿处于"界外"。没有判我"犯规"就应该算是对我的"宽大"了。从我的中篇小说《睡星》1987年8月在《作家》杂志上头条发表到现在,四分之一个世纪已经过去了,我一直顽固不化,甘于"在野",远离组织和主流。这也应该是我保持的一个"纪录"。周国平先生对此深有感触。他在为我的新书写的宣传词中称我是"不属于文学界,只属于文学"的"经典作家"。

这是非常准确的评价。作为一个"经典作家",您的写作道路肯定与其他那些主流作家不同。

是的,我的出版一直不顺。从我的出版物的"经济效益"就可以看出这一点。《遗弃》在1989年首次出版的时候,我需要负担它的全部费用。到了1999年,《遗弃》的名声已经如雷贯耳,重版这部作品显然已经是"有利可图"的商机。可是出版社居然在开印的前一天要求我放弃版税。也就是说,经过十年的等待,《遗弃》仍然没有能够实现经济效益"零"的突破。《流动的房间》本来是一个转机,它为不少学者推崇,被许多读者期待……可是,出版社最后还是没有勇气将微薄的版税写进出版合同。所有这些经历被我自己犬儒地称为是"'好文学'的'坏运气'"。那时候,我只能用"精神胜利法"来聊以自慰。

2008年成了您文学道路上的转折点。那一年,《通往天堂的最后那一段路程》出版了。

是的。那是我出版的第四本书。它被安排在"中篇小说金库"的第一辑,与《阿Q正传》等名著并列。那是我的股票从"熊"转"牛"的标志。我第一次尝到了出版的"实惠"。我的出版史上第一次出现了经济效益"零"的突破。

写作的苛刻和出版的坎坷其实已经成了您的"品牌"。许多读者都知道,来自外部的"坎坷"和来自内部的"苛刻"怎样决定了您的写作道路。您的《写作的耐力》是谈论这个问题的美文。我记得您在文章中强调,心理和生理上的耐力对您的写作至关重要。

是的。我特别谈到了我的写作与时间的关系。我的许多作品都是与时间长年纠缠的结果。比如"深圳人"系列中的《小贩》是我"用三十三年时间写成的短篇小说"。又比如该系列中的领衔之作《出租车司机》是在首次发表三年之后才"碰巧"获得了雅俗共赏的机缘。这篇作品现在已经被公认为是中国短篇小说的"经典"。不过,我并没有满足于这种评价。不久前,我完成了对这"经典"的重写。这次重写距离它1997年在《人民文学》上的首次发表已经差不多十五年了。我笔下的"深圳人"总是这样创下与时间有关的纪录。

这当然也都是您本人在当代文学领域里创下的纪录。我记得《女秘书》七年前曾经在《晶报》上发表,而它去年又由《新世纪》周刊推出,与张大春、哈金等名家的作品并列。经过长时间的积淀,您这位老"深圳人"也的确丰满多了。

我虚构的人物都是有生命的,他们会像他们的作者和读者一样与时间发生关系。他们会随着时间的不断打开而不断地"完善"。在《写作的耐力》中,我说我的所有作品都是"未定稿"。我说的大概就是这个意思。

那篇文章中"耐力"的话题事实上是从您的"长跑"引起的。长跑现在成了您日常生活的一部分。您在文章中提到您去年夏天曾经创下连续三星期每天在长安街上奔跑十公里的纪录。这当然又是一项"全国纪录"。没有另一位中国作家有过类似的"壮举"。

我喜欢给自己设定坚硬的"目标"。我接着会用"铁的纪律"去实现这些"目标"。这也许是革命的少年时代留下的烙印。在冬天的蒙特利尔,长跑不是特别方便。我就改变项目,改为去皇家山山顶上的露天冰场溜冰。今年,我一天都没有错过。眼看漫长的冬天马上就要过去了,我的"全勤"指日可待。一个小例子可以说明我对自己的"苛刻"。元旦那天清晨,我照例在冰天雪地里长跑了十二公里,完成了我源于深圳的"迎新"仪式。我本可以用这次长跑做借口,缺席一天的溜冰。但是,我没有。我是一个完美主义者。

您不断重写自己的作品,包括已经被当成"经典"的作品,当然也是完美主义的表现。

"完美主义"其实可能是一种病态,一种强迫症。也许换一种说法比较巧妙。你可以说我这是在挑战极限。是的,我总是在挑战身心的极限和写作的极限。是的,我总是不满意自己的写作。我总是能够发现自己叙述上的破绽、情绪里的漏洞、语言中的瑕疵……我总是相信任何一部作品总是还可以写得更好。总是想写得"更好"也许可以称为是文学的"奥运精神"吧。

这种类似宗教的狂热和虔诚已经不多见了。您对写作的"敬业"让我想起"精益求精"的白求恩。您最新的长篇小说以他为背景似乎有某种历史的"必然性"。

由《纪念白求恩》塑造的白求恩是我们这一代人的精神之父。"毫不利己"、"精益求精"以及"极端的热忱"等等都是完美主义的再现。我是无数白求恩的孩子们中的一个。我深受他的影响。长篇小说《白求恩的孩子们》通过这种不可思议的影响探讨历史中"必然"与"偶然"的关系,从一个特定的角度"窥探"二十世纪七十年代以来将近四十年的中国历史。

您在《写作的耐力》里也提到了这部小说。小说精彩的"代序"出现在文章的最后,它勾勒出了小说的全貌又交代出了小说的主线。从这篇"代序"就可以知道,《白求恩的孩子们》是一部悲剧。

小说的主要人物是"白求恩的孩子们"中的典型。他们一个死于七十年代,死于自杀;一个死于八十年代,死于误伤;而那唯一的幸存者带着剧烈的心理创伤,走了一条与白求恩当年来中国时正好相反的道路:他"不远万里",来到了加拿大。他最后定居于白求恩曾经居住过八年的蒙特利尔,就像我本人一样。这部小说就是由这位白求恩的孩子写给已经过世七十年的精神之父的三十二封长信构成的。我经常用"两死一伤"来概括小说主要人物的命运。根据这种概括,小说当然是"悲剧"。不过,反讽是小说对待历史的基本态度,因此,小说中又布满了笑料。基于这一点,我更愿意称它是一部"充满喜剧色彩的悲剧"。一位评论家称这部小说立足于"痛苦",却又超越了"痛苦"。这是它的一个特色。

这部小说去年在台湾《新地》文学季刊上作为"特稿"连载。那是足本,没有一个字的删节。您在回顾2011年的短文里,称这曲折又"高保真"的发表是您在过去一年从"绝望"到"希望"的转机,它让您看到了"希望的地平线"。

小说的发表很快就引起了国内媒体和读者的注意。不断的好评迅速将我从"绝望"的境地拉扯出来。小说是三月份开始刊登的,我在四月中旬就转入了马上就要上市的这五本新书的准备工作。

一部作品还没有在国内出版,就已经引起了国内媒体和读者的关注,这本身又是一个纪录。

是的。我们生活在一个神奇的时代。信息传播的方式和速度不可思议。现在,国内也有不少的出版社对《白求恩的孩子们》感兴趣。不知道它简体字版的出版会不会遭遇"蜀道之难"。真不希望它重复我第二部长篇小说的命运。那部作品已经等待二十多年了,还是没有等到出版的机会。

现在,还是让我们面对"希望的地平线"吧。您即将上市的这五本新书中有两本是随笔集。

2006年到2007年间,我为《南方周末》读书版、《随笔》杂志以及《深圳商报》的"文化广场"写专栏。这些专栏作品为我在知识界带来了声誉,也让我发现了自己"非虚构"的才能。后来应北岛之约写出了逾两万字的《一个年代的副本》,去年又应《收获》之约写出了近三万字的《异域的迷宫》。在这两篇"大"随笔之间,我又为《深圳特区报》读书版上写过一段专栏。以"书"为本的《文学的祖国》和以"人"为本的《一个年代的副本》就是以上这些专栏作品的结集。当然,其中的大多数篇目我都进行了重写。

《与马可·波罗同行》更是被行家推崇为"天才之作",它是不是也可以算成是随笔集?

《与马可·波罗同行》难以归类。它应该不能算是"随"笔,因为它的写作"有据可依",受到了原作的"局限"。但是,它又不是严格意义上的文学批评。称它为"解读"比较得体。它是我用汉语解读《看不见的城市》的尝试。这种尝试是我在写作前面提到的那三个专栏的同时给自己出的"附加题"。这是难度极大的"附加题"。我现在都不敢相信我已经完成了它。高强度的写作几乎将我逼到了崩溃的边缘。

它的发表过程也很有特色,也应该算是一个"全国纪录"。

是的。它首先由《读书》杂志在2008年分两期零散地刊登过六篇。后来,又由《上海文化》杂志在2010年与2011年间分四期连载,按顺序刊出了前三十六篇。这两次刊登都获得了热烈的反馈。现在,《与马可·波罗同行》已经是引人注目的作品了。它最后的十九篇即将由《作家》杂志分两期刊出。这一段写作经历让我对汉语肃然起敬。而这样的发表过程也令我感觉非常得意。

这次将出版的第四本新书是您的"微型作品集",也请您谈谈它吧。

我的一些著名的"微型小说"(如《生活中的细节》、《不肯离去的海豚》和《与狂风一起旅行》等)都发表在台湾《联合报》副刊上,曾获得那里的文学名家的赞扬。即将出版的"微型作品集"《不肯离去的海豚》中就包括了这些作品。另外,这部作品集中还包括我在国内发表过的那些不大著名的作品。值得一提的是,作品集中还包括了《遗弃》主人公的一些作品。我一直很敬重《遗弃》的主人公。我觉得他的写作水平要高出我许多。另外,我还从十七岁以来创作的诗歌中选出了几首放在作品集中。我对诗歌和诗人怀有特别的敬意。没有写出很有分量的诗作一直是我文学生涯中的遗憾。

所有进入作品集的微型小说都经过了我苛刻的重写,它们的质量已经远在原作之上。

您的第五本书是《遗弃》的重写本。它无疑是这五本分量很重的新书中分量最重的一本。许多人预计,它的出版会引起读者和市场热烈的反应。

最近几年,许多读者又在寻找《遗弃》,一些出版社也表示愿意重出《遗弃》。但是,我在重写《遗弃》主人公的那些作品的时候就意识到,如果《遗弃》想"重出江湖",它需要彻底地重写。我是在去年8月从国内回到蒙特利尔之后才下决心开始这项令我望而生畏的工作的。结果,这五本书中本来应该是最早完成的书变成了最后完成的书。重写《遗弃》是我在2011年完成的最后一次文学长跑。我连行李都没有来得及打开,就开始"起跑"了:我每天六点钟左右起床,每天写作将近九个小时,连续写作了整整九十天。回想起来,这真是无法理喻的执着,近于疯狂的执着。

您又一次在挑战身心的极限。

在最后完成的序言中,我这样写道:"这重写是比'原创'更不可思议的劳作。它是一个苛刻的写作者与时间、历史和语言的角斗。它是一个疲惫的中年人与虚荣、身体和心智的角斗。"是的,我又一次将自己的身心逼到了崩溃的边缘。我现在还没有彻底从那种绝境中康复,尽管三个月已经过去了。

我相信您会从读者的反响中得到最深的安慰和回报。

这是一个不需要写作,更不需要认真写作的时代。但是,我需要写作,更需要认真地写作。我心甘情愿成为一个落后于时代的人。当然,我也希望,我即将上市的这五本新书多少能够激起一些读者对"写作"这种古老事业的怀旧情绪。

我欣赏您这种幽默的态度。不过,像许多人一样,我相信您的这种"需要"反而是超前的,而且它充满了诗意。

《遗弃》的主人公将笛卡尔的名言改写成了"我写作故我在"。他的这种说法也正好适合我的生存状态。不管是超前还是落后,我别无选择。

薛老师,您是属龙的。今年是龙年,您果然大有作为。事实上在春节之前,关注您的读者就已经看到了奇特的"龙腾"景象。您的两篇最长的随笔(《异域的迷宫》和《一个年代的副本》)分别由《收获》和《百花洲》杂志第一期刊出。两家大型文学期刊"同时"推出同一位小说家的两篇"大"随笔,这是很罕见的巧合。

这也应该算是一项全国纪录吧。

我非常喜欢《异域的迷宫》开始的那一段:"几乎所有关于目的地的想象都是错误的。这就是生活。这就是生活中的'抵达之谜'。"就像您的"需要"一样,您的随笔既古典又超前,它充满了哲理和诗意。

当你读完将在《收获》第二期上刊出的《异域的迷宫》下半部的时候,你会更清楚这"开始"的妙处。

您这么一说,我好像对这妙处已经有一点预感了。

那我们的谈话最好就在这里结束。

....

后记:

这篇访谈作为"封面专题"发表于 2012 年 3 月 4 日深圳《晶报》"深港书评"。最初的采访提纲由《晶报》记者刘敬文提供。

"异类"苦修成的"正果"

上海三联出版社、上海文艺出版社、华东师范大学出版社联手出版薛忆沩的五本新书已经成为读者和媒体关注的文学事件。这五本新书包括随笔集《文学的祖国》《一个年代的副本》,小说集《不肯离去的海豚》,长篇小说《遗弃》(重写版)以及文体难以归类的《与马可·波罗同行——读〈看不见的城市〉》。

《遗弃》(重写版)无疑是这批作品中最令人关注的作品。《遗弃》已经是中国当代文学中的一个"传奇"。重写无疑更增添了它的传奇色彩。这样的一种文学实践对《遗弃》的新老读者到底意味着什么?下面是薛忆沩关于《遗弃》(重写版)的第一次访谈。

现在我们有两本《遗弃》。一本是二十四岁的薛忆沩完成的,另一本是将近四十八岁的薛忆沩完成的。你认为前面的那本《遗弃》可以被后面的这本《遗弃》取代乃至于像《遗弃》主人公那样从阅读的版图里"消失"吗?

现在这本《遗弃》的全称应该是《遗弃或者关于生活的证词》。从文学史(或者版本学)的角度看,这当然是两本小说。它们不仅被对我们这一代写作者影响最为深远的历史事件分隔开了,也被我个人的文学影响分隔在不同的时期。写作前一本《遗弃》的薛忆沩属于"初生牛犊",对一切都没有什么顾忌。他的写作基本上受冲动的引导。他对语言的把握不太到位,对细节的处理也比较粗率。那本《遗弃》的长处是它对压制的叛逆、它对个人精神痛苦的放纵以及它充满青春活力的躁动。而现在的这本《遗弃》已经是"自觉"的作品。它是经过四分之一个世纪的苦修之后获得的正果。这种"在野"和"纯净"的苦修让我的语言渐渐呈现出了比较丰富的层次和比较流畅的线条,也让我的细节相对饱满又颇有分寸。

但是我相信,后面的这本《遗弃》中包括了前面那本《遗弃》里的全部文学要素,全部的"精华"。或者说,后一本《遗弃》是前一本《遗弃》的"升级版"。因此,后一本《遗弃》可以而且应该取代前一本。"取代"是我重写这本颇具传奇色彩的小说的野心之一。我希望,在新的《遗弃》写成之后,从前所有版本的《遗弃》就都成了研究者的对象或者收藏迷的"家珍"。它们应该淡出阅读的疆域。正是基于这一考虑,我没有接受在出版新《遗弃》的同时又重印旧《遗弃》的建议。我觉得那是一种铺张和浪费,我不能接受。

早在1988年,很少会有一个小说家把"内心的奇观"作为描写的对象。你为什么会这样做呢?这样做有没有受到谁的影响或者是启发呢?你会不会是从哲学当中获得了小说的灵感呢?

福楼拜说是他的人物选择了他。我也想说,是我的描写对象选择了我。在我看来,写作者不仅是语言的奴隶,也是自己描写对象的侍从。"内心的奇观"从来都是我的对象,是我所有作品的对象。我经常说,文学的功用就是让我们看见"看不见的城市"。"内心的奇观"就是"看不见的城市"里的"地标"。对我的影响来自受惠于存在主义哲学的现代派文学以及受惠于现代派文学的存在主义哲学。我在十六岁的时候读到了萨特的著名论文《存在主义是一种人道主义》。我至今保存着刊登那篇论文的那一期《外国文艺》杂志。论文边的空白处留下了我青春期的许多感悟。我想那些感悟也许就是《遗弃》的"初稿"。我的虚构人物是"业余哲学家",他的写作比我的写作更受哲学的影响。他穿插在日记里的那些作品与哲学史有许多的联系。

何怀宏教授称《遗弃》的精神主旨为"寻求永恒的最初那一段旅程"。回头看看《遗弃》的"传奇",有一点很清楚,中国的哲学家比文学家们更看重《遗弃》这部文学作品的价值。你认为其中的原因是什么呢?你同意将《遗弃》看成是一部"哲理小说"吗?

我想原因可能很多。很重要的一点当然是哲学家们也许更着迷"内心的奇观"或者更关心个人的处境。其实不仅仅是《遗弃》,我的其他作品也更多受到文学界之外的认同。这大概也是我被当成中国文学界的"异类"的一个理由。对"个人"和"内心"的探索其实是文学的正宗,我反而被当成"异类"其实是对中国文学界的讽刺。至于《遗弃》是不是"哲理小说",我不知道。我想,所有的好小说都应该是哲理小说,因为它能够将读者带进"看不见的城市",带进我们在日常生活中不能也不敢进入的"可能世界"。不过,"哲理小说"是一个容易引起误会的标签。它可能会让读者觉得一本小说是直接传授"哲理"的书籍,与教科书相近。而对教科书的反感和反抗正是《遗弃》主人公叛逆性格的一个重要标志。有一位社会学家曾经评论说,《遗弃》里面有关于二十世纪八十年代中国人生活的许多隐秘的细节,它是一本关于社会转型期中国人精神状况的作品。在重写的过程中我开始认同他的这种说法。所以,我为它添加了《关于生活的证词》这样一个名称。

在我看来,《遗弃》表现的是一个年轻人的格格不入:他跟世界、跟环境、跟家人、跟体制、跟文化、跟文学,甚至跟自己的格格不入。这种格格不入是这本书本身的动力,也应该是你写作这本书的动力,你同意这个看法吗?

你的这种看法与那位社会学家的看法有一致之处。正是因为那种全方位的冲撞,生活中那些隐秘的细节才跃然纸上。那个年轻人有点像"格物致知"的理学家,他不仅会从地面上的血迹或者同事们的冷漠中发现"哲理",甚至会从空气中的农药味或者从外婆的一声叹息中发现"哲理"。他的"格格不入"不仅是情绪性的,还是认知性和预言性的。它使业余哲学家从冲撞中看到了世界的"混乱"。"混乱"是《遗弃》的一个关键字。是的,《遗弃》的主人公将生存的压力变成了动力。由荷尔蒙激增引起的痛苦在精神的焦虑中获得了释放。这是他的幸运。这也是我的幸运。精神的焦虑使我可以完成这样一本奇特的小说。你的问题其实还有另一种更直接的问法。你可以问《遗弃》是不是一本自传体的小说。是的,在一定程度上,《遗弃》是自传体的小说。小说里面的不少细节的确来源于我自己"异类"的生活:比如我的确很早就游离于体制之外了,比如我自己也有过小说前面的那种令人窒息的办公室经验,等等。但是在整体上,我(包括青春期的我)比《遗弃》的主人公要随和得多。我本人有很强的幽默感,这也是《遗弃》的主人公所不具备的。

《遗弃》的主人公把写作上升到"本体"的高度——"写作是终极性的救赎",也把写作升华为"主体"——"我写作故我在"。这也是你自己的"写作哲学"吗?

我自己也的确将写作看成是对生命的"救赎",并且写出过许多《遗弃》主人公写过的那种作品。在"写作"的问题上,我与我的人物的确有许多的共识。但是,我和我的人物之间在这方面又有一种竞争关系。我经常觉得自己的写作水平比自己虚构人物的写作水平低。这种自卑感让我将写作当成一种"苦修",丝毫也不敢懈怠。

"写作"在两本《遗弃》中都占有重要的位置。而在重写的《遗弃》中,"写作"的位置更为突出。在重写的《遗弃》里,你抽掉了主人公的许多作品,又让主人公在那些抽空的页面上对自己的作品发表看法。也就是说,在重写的《遗弃》里,主人公不仅是一位原创者,还是一位评论家。这样做有什么意义?

二十四年前,在第一次写作《遗弃》的时候,我就对主人公作品的作用有矛盾的看法:一方面,我觉得它们是另一种展开情节的方式,增强了文本的质感;而另一方面,我又觉得它们会妨碍阅读。解决这种矛盾的唯一办法是减少那些作品的数量。这也许就是我认为《遗弃》"必须"重写的一个重要原因。所以在重写的《遗弃》里,主人公不再用"数量",而是用"质量"来炫耀自己的写作才能。但是,抽掉一些作品之后,日记里就出现了"空白"。我不可能在那些"空白"处填充新的情节,那样会让小说的叙述节外生枝。因此,我让主人公利用那些"空白"反省自己的写作。这种反省增强了小说的形式感和节奏感,也减缓了我对这本小说本身的怀疑。

在写作《遗弃》这样的小说时,你想过谁是它的读者吗?

我的作品从来没有预设的读者。在我看来,阅读是一种"自由恋爱",作品与读者的结合绝不应该由作者或者市场来"包办"。不过在《遗弃》刚刚完成的时候,也就是1988年的夏天,我以为它理想的读者应该是像我一样涉世不深又血气方刚的年轻人。后来,我遇到了各种各样的读者,有中学生、有退休教师、有下岗工人……阅读是不可思议的认知活动。它的宽度经常会让关于读者的想象逊色。

无论是二十四岁的薛忆沩,还是四十八岁的薛忆沩,都没有顾忌过"市场"的问题。你今天在乎《遗弃》的阅读市场吗?

市场与我的写作冲动和自觉都相去甚远。我没有兴趣也没有能力为"市场"而写作。这并不是我的境界。这只是我的个人状况。写作对我来说始终都是第一位的。我已经被写作迷惑和震慑。我不会再去迷恋或者恐惧"市场"。想想人类历史上最优秀的文学作品都出现在市场经济远不如现在发达的年代,想想人类历史上太多优秀的作家都没有得到过市场的青睐而大多数得到过市场厚爱的作家都很平庸,我们就应该知道文学与市场的关系对文学并不重要。如果我的文学碰巧有了"市场",我会很高兴,因为那不仅仅是我的文学的幸运,可能还是"市场"本身的幸运。我从来没有期待过大众对《遗弃》的关注。《遗弃》等待的是阅读的质量而不是阅读者的数量。

后记:

  这篇访谈的节本发表于 2012 年 6 月 12 日《深圳特区报》。它的采访提纲由记者王绍培提供。

"精细的写作成了我反抗异化的主要手段"

何怀宏先生为您的小说集《不肯离去的海豚》和长篇小说《遗弃》分别写了两篇序言:《"世纪末少年"的意识苏醒》和《寻求永恒的最初一段路程》。这两篇文章的一个关键词也许就是"青春期"。《遗弃》的主人公生活于二十世纪八十年代,《不肯离去的海豚》最靠前的章节也是指向这一年代。1981年,您十七岁,考入北京航空学院,1985年毕业后返回湖南就职。您的青春期与一个时代的青春期暗合。您在这一时期开始思考什么问题?这一青春期留给您的重要启示是什么?

著名经济学家杨小凯先生九十年代初期在给我的一封信里提到我们曾经生活过的七十年代是地球历史上最后一个"恐龙时代"。他说,能够见证那样的时代是我们这一代中国人的幸运。我同意他的这种看法。而更幸运的是,我们又见证了以柏林墙的倒塌为标志的那个"恐龙时代"的终结。你说的"暗合"很有意思。八十年代的确是"青春的"时代。个人与历史的关系是我在那个时代思考的主要问题。这种思考事实上还可以追溯到十二岁那年(1976年)暑假的那一次阅读。一天中午,我跪在水泥地面上,翻开了列宁的《唯物主义和经验批判主义》。赫拉克利特的名言"人不能两次进入同一条河流"赫然出现在我的眼前。我热泪盈眶。在那个时刻,我觉得自己顿悟了人类生活的秘密,或者说人类生活的"荒谬":个人的生命只有一次,而人生活于其中的历史却充满了时刻准备吞噬个人自由的喧嚣和骚动,以及"不以人的意志为转移"的重复。个人的自由与历史的局限会冲突到什么程度?个人的尊严会如何遭受历史的理性和非理性的羞辱?……我的写作就是从这些困惑中开始的。这些困惑与困扰我青春期的另一个重大问题——"死亡"的问题——联系在一起。死亡是个人与历史之间的桥梁,是理解个人与历史关系的关键。我在关于七十年代的随笔《一个年代的副本》里,用"纪实"的形式谈论过"死亡"对我个人成长过程的影响。"死亡"也是我所有作品的主题。

《遗弃》的主人公图林自称为"业余哲学家",小说中有大段大段的哲学思辨。您在一个访谈中告诉我们,您十六岁就订阅了《哲学译丛》、《自然辩证法》等专业的哲学杂志。去北航读书时,行李里又有《爱因斯坦文集》、《小逻辑》等哲学著作……您可谓是八十年代的一个哲学青年。哪一位哲学家或哪一种哲学思想对您影响最大?阅读哲学当时使您更迷惑还是更清醒?

对我影响最大的还是存在主义哲学。我在1979年就开始对存在主义哲学产生兴趣。那时候我已经读过康德、贝克莱、休谟等人的一些作品。那种阅读更多的是一种智力上的满足。而存在主义哲学对人的关注让我感受到的是哲学的激情。记得1980年从十二英寸的黑白电视上看到萨特的葬礼之后,我向一位朋友表示说,希望自己将来也能够成为一个"用写作来影响世界"的人。我从此没有偏离过崇拜精神和写作的方向。存在主义哲学不仅为我指明了具体的生活之路,而且还为我提供了回望历史和预览未来的角度:存在、虚无、时间、偶然、恐惧、自由、荒谬等等充满生机的"范畴"将我带到了个人和历史关系的深处和敏感之处。当然,这并不意味着我清醒地找到了问题的答案。正好相反,我会有更多的困惑。我的一位虚构人物认为"迷惘是生命的本质"。我认同这种带有存在主义特色的观点。我的小说也同样是充满困惑的。我认为作家的责任只是呈现问题,或者说呈现生活的另一种"可能性",而不是提供问题的"答案"。我甚至认为我们面对的任何问题都不存在标准答案。

《遗弃》的主人公图林有一个很明显的特质:对于父权、组织、体制等异化力量的对抗……他想成为一个"自愿失业者"。相对于现在我们所熟知的八十年代的文学作品,这种意识还是超前的。这本小说写于1988年,那时候您仍然在体制内生存。您是否有强烈的不适感?日后真正脱离青春期,那段经历起了什么作用？您觉得，您脱离青春期的标志是什么？

我大概从1978年底就开始了我个人对异化的"反抗"。我在初中阶段还是"又红又专"的学生，还曾经身兼数职（从班长一直到学校红卫兵团的副团长）。但是，进入高中之后，我就是独立的个人了。我辞去了所有的"官职"，我对应试教育和其他的社会规范也充满了反感。阅读是我的避风港。我用大量的时间读自己喜欢读的书，这其中除了文史哲的书籍之外，也包括科学书籍，如爱因斯坦的《狭义与广义相对论浅说》《物理学的进化》以及海克尔的《宇宙之谜》等等。到了大学阶段，我的不适感就更加强烈。在三年级开始之后不久，因为对当时轰轰烈烈的"清除精神污染"运动的厌恶，我曾经想用退学来"反抗"，一度从北京逃回长沙。参加工作之后，这种不适感继续深化。前不久，我在上海的一家报纸上发表了关于"我的第一份工作"的文章。在这篇短文中，我详细地回顾了自己与体制的正面冲突。那是一段非常珍贵的生活积累。它后来成为《遗弃》的素材。这种不适感是不是一种青春期的心理特征，我不太清楚。我个人的青春期比常人的要长许多。七岁那年经历的"林彪事件"是我的第一次"创伤性记忆"，我的青春期似乎应该从那一年算起。而在某些方面，我相信我的青春期至今也没有完全结束。但是，最近这十五年以来，我的意识形态与"青春的"八十年代相比有了明显的变化：我现在崇敬的是美学，是智慧。现在，精细的写作成了我反抗异化的主要手段。

现在再读《遗弃》,还是会感觉到其中透露着一种青年人的稚气。您在事隔多年后重写这部小说,也并没有淡化1980年代"最初"的痕迹。也许,这"寻求永恒的最初那一段旅程"总是不完美。您现在如何看待这种不完美?

作品中的"稚气"并不可怕,可怕的是语言和结构上的粗糙。我是一个完美主义者。我不能容忍那些可以修正也值得修正的"不完美"。这些年来,我变成了一个顽固的"修正主义者",不停地重写自己的旧作。重写让我看到自己在艺术上的长进。当然,我知道只有神能够创作出"完美"的作品。我只能通过不懈的努力不断地接近"完美",而不可能达到它。我是人,"不完美"是人的"作品"的特征。

您没有走体制内作家之路。您本科毕业于北京航空学院计算机科学与工程系,后来您又考入广州外国语学院去研究语言学,现在您又移居到了加拿大……这样的选择也是一种遗弃么?遗弃了什么呢?

文学是"较少人走的路"。"在野"的写作当然是"更少人走的路"。自从1987年《作家》杂志头条刊出我的中篇处女作《睡星》以来,四分之一个世纪已经过去了,我一直都坚持"在野"的写作。我的这种状况根源于我的文学理念:我相信文学是一种个人的事业,"自由"和"孤独"是这事业的两大精神支柱。只有充分的自由才能够保证写作的纯洁,只有顽固的孤独才能够保证文学的深刻。借用辩证法的说法,背向文学体制不是"遗弃",而是"扬弃"。我抛弃的是伪善的人际关系和狭隘的世俗利益,我获得的是无价的孤独和自由。

您今年也推出了随笔集《文学的祖国》。但是,这本书评集其实与华语文学关系不大,从莎士比亚到艾柯,您对西方古今大量作家的作品进行了"私房化"的解读,由这些作品的解读阐述自己的文学观。旅居海外这么多年,"祖国"这个概念在您——一个作家的眼中,是不是又有了崭新的意味?

是的,就像佩索阿一样,我相信语言是文学的祖国。而我比他走得更远。我在这里所说的并不是一种具体的语言,如葡萄牙语或者汉语等,而是语言本身。《文学的祖国》只是我的"祖国"的一角。我是中国作家中少数能够而且喜欢用多种语言阅读的人之一。我知道我的"祖国"有多么深远的历史,有多么辽阔的疆域。一个对语言没有感觉和感情的作家就是没有根的作家,不管他是否生活在自己的祖居地。语言是文学之血,文学之根。

读《遗弃》就知道,您在很早的时候就关注并思考语言哲学的问题,不只是名实之辩,还包括在长期的宣传教育下语言产生的变异。《遗弃》的主人公这样审视母子关系:"体制给她(妈妈)的信仰和教条剥夺了她已经通过遗传获得的叙述能力。她从来没有给我讲过一个有趣的故事。"旅居海外,长期生活在另一种语言环境下,有没有尝试用另一种语言去写作,像哈金一样直接进入英语写作?母语对您又意味着什么?

我对语言,尤其是书面语言一直极为敏感。在《一个年代的副本》里,"语言"是与"死亡"并列在我七十年代生活中的主线。是的,我一直有用另一种语言写作的野心。这些年来,我为这野心投入了大量的时间和精力。我称这是我的"第二种攀援"。但是,我至今还没有能够攀登到令我自己满意的位置。我只用英文在学生刊物上发表过两首诗作和一篇"实验"小说。我在蒙特利尔大学攻读英美文学硕士学位的时候选修过加拿大一位著名作家的写作课。我在那门课上得了 A⁺ 的期末作业是《白求恩的孩子们》最初的七个故事。紧接着,在 2008 年到 2009 年之间,我用英语写完了整部作品。也就是说,我的第三部长篇小说《白求恩的孩子们》的初稿是用英语写成的。但是,当我在 2010 年用汉语重写出这部作品之后,我对它的英语初稿就根本看不上了。我想,在今后的很长一段时间里,我会中断我的"第二种攀援",因为我有太多的作品要用母语来完成。最近两年,我以巨大的热情回归到了母语的创作之中。今年五月,我的五本作品同时在上海出版就是这"回归"的标志。大概从2003年,也就是写作《通往天堂的最后那一段路程》(它是我在域外完成的最初那一部作品)开始,我突然发现了汉语中许多鲜为我知的美学特征。我现在经常会自觉地在自己的写作中炫耀我的这些发现。顺便说一句,《白求恩的孩子们》即将(今年十一月)作为"二十一世纪世界华文文学高峰会"丛书中的一种在台湾出版。哈金和我本人同为会议邀请的海外代表。如果他到会的话,我们可以在台湾探讨你提出的这个问题。

您的小说里弥漫着一种疏离的氛围,不管是《不肯离去的海豚》里的少年X还是《遗弃》里的"业余哲学家"图林,他们仿佛对生活都有一种明悟,但是这"明悟"恰恰使他们具备了局外人的孤独特质。您的少年时期是如何度过的呢?您的性格里也有这种疏离的成分吗?

是的,这种疏离成分应该是与生俱来的。我在七八岁的时候就已经对成人的世界有许多敏感的发现:权力、伪善、爱欲等等都会引起我的注意,甚至引起我的生理反应。而对知识的渴望和对弱者的同情更强化了我的疏离感。我在1974年,也就是十岁的时候,就读到了繁体竖排的《茶花女》和《约翰·克里斯朵夫》等作品。这些当时属于"大毒草"的西方名著打开了我的视野,也进一步暴露了我的疏离感。当时,我住在长沙拖拉机配件厂的宿舍区里。我的父亲是那家中型国营企业的领导。我对自己能够享受的所有"特权"都充满了负疚感。

《不肯离去的海豚》写于二十世纪八十年代中期到九十年代中期,篇幅短小,风格多变。这一次,您又"以不可思议的耐心和专注重写了全部的作品"。为什么这样执着?

这些年来,越来越多的研究者和出版者开始关注我的作品。有时候,一篇有分量的评论会引诱我去重读自己的旧作。而每次重读,我都会发现其中的一些破绽。于是,我决定重写。2011年是我的"重写之年"。我不仅重写了《遗弃》,还重写了已经被视为是短篇经典的《出租车司机》。如你提到的,收集在《不肯离去的海豚》里面的那些微型作品也都经过了严格的重写。今年7月回到加拿大之后,我又重写完了《流动的房间》里的十三篇小说。这一组作品很快将会作为新版的《流动的房间》结集出版。在我看来,重写是对文学和读者的负责,也是对自己的挑战。我喜欢这样的挑战,就像我喜欢做数学的附加题一样。重写并不是我个人的偏好。在我的印象中,劳伦斯也是一个很喜欢重写自己作品的作家。

长跑是您日常生活中的一部分。村上春树也是作家中著名的长跑爱好者。长跑与写作之间会产生什么样的化学反应?

长跑是在写作《与马可·波罗同行》的过程中才固定为我日常生活的一部分的。那是难度极大的写作,它每天都将我的身心推到了极限。如果不是长跑,我不可能幸免于那种将人引向疯狂的写作。长跑平衡了我大脑的化学成分。它无数次将我从疯狂的边缘拉扯回来。而且,长跑是写作的隐喻:我的写作就是孤独的长跑。它需要巨大的耐心和耐力。

您的短篇写得很多。尽管篇幅不长,您可能也需要花很长的时间来打磨。您是怎么理解短篇小说这一形式的?

短篇是我很喜欢的形式。我的短篇也很受欢迎。近几年来,每年的中国"最优"短篇选本里都会有我的作品。我认为,写短篇有点像是"带着镣铐跳舞",要求极高的技巧和智力。另外,我反复说过,节制是我信奉的基本美学原则。而短篇是实现这种原则的最好形式。你说得对,我的短篇都是极为耗时的,比如那篇出名的《小贩》就是我"用三十三年时间写成的作品"。我现有的长篇也与短篇这种形式有许多的联系。《遗弃》是日记体,是由若干短小的断章构成的。而《遗弃》主人公本人也是一位优秀的短篇小说写作者,《遗弃》中收入了他的一些创作。那都是非常精彩的作品。《白求恩的孩子们》也是由三十二个互相关联的短故事构成的。现在的中国文坛上,粗制滥造的长篇太多了,精雕细琢的短篇太少了。我无意中又成了"反潮流"的人物。你看,我的青春期真好像还没有结束。

在《不肯离去的海豚》里,我能看到您在湖南生活过的影子,比如1968年夏天,一队一队从河流上游漂下来的尸体……但是,您的处理非常克制而隐晦。这样的处理我想不仅仅是为了出版的方便。就像我在您的短篇小说里常看到的,时间上的纵深,维度上的参差,您似乎让短小的篇幅变得开阔起来了。

你的看法很准。有不少评论家也注意到了这一点。我善于用短小的篇幅去容纳深厚的内涵。《不肯离去的海豚》是一个很典型的例子。它的里面有历史、有现实、有死亡、有爱情……它的背景尽管让人联想到一个特定的时代、一个特定的地区和一个特定的事件,它呈现的问题却具有普世的价值。这篇小说首先是在台湾《联合报》副刊上刊登出来的,并且能够被那里的读者赏识,这就证明了它的"开阔"。今年夏天,我在国内做新书推广的时候,也在多种场合下朗读过这篇作品。我发现它能被各种年龄段的读者理解,哪怕他们对十年浩劫中发生在湖南道县的惨剧毫无所知。这就是写作的魅力。这种魅力与外在的"篇幅"实在是没有太大的关系。

后记:

　　这是我第一次为故乡长沙的杂志准备的访谈,发表于2012年9月12日出版的那一期《晨报周刊》。采访提纲由《晨报周刊》记者孙魁提供。

"朗读是我验收自己写作的方式"

看了之前的一些采访,发现你是真正意义上的"朗读者"。朗读一直是你讲座不可或缺的环节。那么,在平时读书的时候,你也会把文字读出来吗?朗读这种方式,让你对书有了视觉之外更敏感的体验吧。

除非是在读诗歌或者读乔伊斯的作品,我平常读书的时候并不读出声来。但是,朗读是我自己写作过程中的最后一道工序。更明确地说,朗读是我验收自己写作的方式。验收不合格,我不会将自己的作品传出去。有不少的读者注意到了我的随笔和小说有诗意,读起来就像是韵文。在我看来,声音是语言的第一特性,是文学美感的根基。在这方面,我的写作的确深受乔伊斯的影响。他的全部作品都是"读"出来的,而且也只有通过"读",读者才能够充分感受那些作品的魅力。甚至我写作的逻辑性和数学性都与我对声音的苛求有密切的联系。语音的和谐往往直接导致了语义的精准。这种奇妙的"因果"关系令写作充满了惊喜。

你说得对,朗读是一种更敏感的体验。朗读也是一种更纯真的体验。在朗读的时候,我们就像是心灵没有受过污染的孩子。朗读为我们提供了一种鉴赏甚至鉴别文学的标准。

过去两年里,我不断重写自己的旧作,这也与朗读有一定的关系,因为我发现那些旧作已经不可"读"了。《流动的房间》是我的一本出名的小说集。但是,为了重版,我已经重写了其中的作品。比较新旧版的《流动的房间》,读者很容易发现新版听觉上的美感。

在华语作家中,你还愿意"读"谁的作品?

我喜欢"读"现代汉语的诗歌。我觉得从朦胧诗开始到现在,现代汉语诗歌中产生了不少可"读"的作品。相比之下,可"读"的现代汉语小说就太少了。我的绝大多数同行们好像都不是太在乎语言。不过近年来,在致力于纯文学创作的年轻一代作家中这种情况有所改善。我有时候想,我们的作家不重视语言可能是我们整个社会对语言不重视的缩影。现在,我们的中文已经是文科考生最不情愿和最不得已的选择了。而在英国的大学里,英语系是最难进也是最优秀的学生都想进的系。英国那些名牌大学英语系的学生就像是"天之骄子"。对语言的态度肯定是会要影响到文学的品质的。

说到朗读,想起纪录片《他们在岛屿写作》拍摄了一段王文兴的写作状态。他非常追求语言与音节,创作的时候会根据声音在纸上画一些特殊的符号,每天大约这样边"读"边写三五十字。你的写作状态是怎样的?现在每天大致会怎样安排阅读与写作的时间呢?

今年夏天去广州方所书店做活动的时候,那里的负责人也向我谈起了王文兴的写作状态。那是我第一次知道华语文学里存在着这样一位可敬的同道。当时,方所书店的负责人约我写一篇关于文学与语言关系的文章以配合王文兴将在那里举办的活动。我欣然答应。可惜后来因为时间过于仓促,文章没有能够写成。

写作者应该对语言极端敬畏和充满狂热。我欣赏所有将写作当成宗教的写作状态。与王文兴相比,我自己的写作状态当然平庸多了。我通常会写出一个很粗糙的初稿,然后再改出一个过得去的二稿,声音和逻辑在第三稿中才会变得举足轻重。我的作品是经过反复的修改才得以完成的。朗读的作用越往后越重要,最后,它变成了终审的法官。

我从来没有科学地安排过阅读和写作的时间。没有写作任务和冲动的时候,阅读是我与文字交往的主要渠道。但是,一旦进入写作状态,阅读就只能退居二线。写作在时间上对阅读的排斥经常会影响我的情绪。这种情况在每次写作开始的阶段更是异常激烈。因为写出一个好句子比读到一个好句子要难得多,而在写作之初,好句子更是很难出现。我个人面对的另一个问题是,我的阅读是用英语,而写作却是用汉语。我的大脑需要在这种奇特的"国际关系"中不断变换角色,不断对自己提出苛求。这种变换和苛求当然会让大脑非常疲劳。

在过去的一些采访中,你提到自己作为理科生读了很多哲学书,也推荐大家去读科普书。还记得你读的第一本小说吗?是在什么情况下读到那本小说的?

第一本小说已经很难精确定位了。但是,我记得我读过的第一批小说,那其中包括《艳阳天》、《海霞》等"文化大革命"时代的"香花",也包括繁体竖排的《约翰·克里斯朵夫》、《茶花女》、《牛虻》等当时的"毒草"。我的海量阅读开始于1974年到1975年之间,也就是我十岁的时候。当时,我住在长沙拖拉机配件厂的宿舍区里。我的邻居中有我母亲在周南中学(杨开慧、丁玲等人的母校)工作时的一位同事。她父亲是五四时期的人物,也是毛泽东的故交(我曾经在她家里看到过毛泽东写给她父亲的亲笔信)。她本人是长沙市出名的语文老师。她家里是"毒草"的集散地。作为那集散地的常客,我在十岁的时候就有机会过上"毒瘾"。这些"毒草"奠定了我个人上层建筑的基础。有了这样的基础,我今后对语言的"超前"反应一点都不足为怪了。1976

年的夏天,当我从列宁的著作里读到赫拉克利特那句名言的时候,竟激动得热泪盈眶,好像顿悟了这个世界的全部奥秘。

给我们描述一下你在蒙特利尔的书房吧。平时读书、写作的环境是什么样的?

我租住的公寓面对皇家山,窗外四季分明的风景就是我读书和写作的大环境。我没有书房,只有散布在卧室和客厅里的一些旧书架。书架上只有少量的书籍是我当年从国内带过来的,其中包括1982年(也就是十八岁那年)我在北京五道口外文书店购得的盗版《百年孤独》英译本。不管我走到哪里,这本书总是会跟在我的身边。它是我的圣经。书架上还有我在1998年夏天购于剑桥大学三一学院对面那家书店的布罗茨基的随笔集《小于一》(*Less Than One*)和《论忧伤和理智》(*On Grief and Reason*),以及那套中华书局版的《李商隐诗文全集》。后来,通过二手书市和一位朋友的遗赠,我的书架被迅速填满了。从正式开始当全日制学生之后,新书也开始不断涌入我的书架。

蒙特利尔是一座文化发达的城市,有很好的书店,很好的公共图书馆以及麦吉尔等著名大学的图书馆。我能够在那些图书馆里遇见和找到所有想读的书。我唯一的感叹是时间太少了。就像我的一个虚构人物一样,我很想读完所有想读的书。

蒙特利尔也有极好的自然和人文环境。公园、咖啡馆、图书馆都是读书和写作的好地方。但是,我不太喜欢在公共场合读书写作。用时髦的说法,我是"宅男"。从《通往天堂的最后那一段路程》以来的所有作品我都是在自己"看得见风景"的房间里完成的。

辗转搬家,整理打包时有没有最后不得不放弃的书?或者有没有因为某种原因错过,一直让你心心念念的书?

我在加拿大已经生活十年了,还没有搬家的经历。过去在国内搬家的时候,首先要安顿好的不是人而是书。书在我的生活中拥有至高的特权。不过,我母亲有一次搬家的时候将我寄存在那里的全部《遗弃》第一版精装本当废纸卖掉了。她当然想不到《遗弃》现在会这样出名。那些从来没有面市过的精装本现在可以以成倍的价格出售。我自己在八十年代末期也曾经一度出现厌书的情绪。我的表兄陈侗创办博尔赫斯书店的时候,我的一些藏书变成了书店的原始积累。

有没有属于个人独特的阅读习惯或者说癖好?(比如灯光、姿势、特殊的书签等等。)

我喜欢同时读好几本书,这也许可以算是一种癖好。我是写小说的人,但是我喜欢读科学书和历史书,这也可以算是一种癖好。除此之外好像就没有什么了。我基本上是一个随遇而安的阅读者。

在你的文章中,读到你有在旅行中买书的爱好。"从此,在过过夜的每一座城市,我都会买一本书。我用书籍来标记异乡的黑暗。"在异乡,买到过什么特别的书吗?

书是我个人生命中的路标,也是我与世界相处的特殊方式。书总是给我的行走带来难忘的惊喜。我经常在路途上买到意想不到的书,比如去年在剑桥大学集市的一个书摊上买到过一本卡内蒂的随笔集;又比如十七年前,在爱丁堡的一家小书店里买到过一本巴黎1968年学生运动中的标语汇集。

在路上,你会随身带着书吗?你喜欢带上什么样的书?

每次旅行中,书都是我的贴身行李。从七岁那年随母亲去看望在干校接受"再教育"的父亲开始(那是我的第一次旅行)……已经四十多年了。现在通常要带一两本小说、一两本随笔以及一两本莎士比亚。这一次我应邀去台湾参加"二十一世纪世界华语文学高峰会",我的背包里装着希钦思(Christopher Hitches)的自传 *Hitch-22*,莎士比亚的《十四行诗集》和两种版本的《李尔王》,还有我一直没有读完过的 *The English Patient*。

有哪本书是你自己一直想要寻找而未得的吗？

我一直想找到由马蒂斯插图的《尤利西斯》的首印版。当然，还有斯坦纳（George Steiner）写的任何书，甚至我已经有的书。斯坦纳是我心中最伟大的学者和评论家。

最近在读哪一本书？

我还是在反复读《李尔王》，我将来的一本小说与它有关。莎士比亚的作品需要反复地读，阅读和朗读。每一次"读"都会让我有新的发现和惊喜。

....

后记：

这是根据杭州《都市周报》编辑王紫微提供的采访提纲完成的访谈。后来于 2012 年 11 月 29 日在该报《文艺手册》副刊中发表的简短特写《薛忆沩：文学行李》就是根据这份访谈完成的。

"写作就是我的宗教"

2012年看过的最好的书?

因为忙于写作和出版,2012年的阅读量不大。看过的最好的书应该是希钦思(Christopher Hitches)的传记 *Hitch-22*。这部书名有意模仿"第22条军规"(Catch-22)的作品充满了"黑色幽默",为二十世纪七十年代以来西方社会思潮中左右两派的博弈提供了独特又鲜活的见证。去年底英年早逝的希钦思是近三十年来对西方思想界影响巨大的政治评论家,他的写作语言尤其是广为朋友和敌人称道。

2012年你记忆最深、感受最强烈的一件事或场景是什么?这一年什么对你的生活影响最大?

2012年是我的"爆发"之年。我一共出版了六本书,分别是长篇小说《遗弃》(重写版)、小说集《不肯离去的海豚》、随笔集《一个年代的副本》、《文学的祖国》、《与马可·波罗同行》以及在台湾出版的长篇小说《白求恩的孩子们》。这些作品都获得了读者的积极反响。让我感受最强烈的有两件事,一是《遗弃》在刚刚结束的深圳读书月中被评为"年度十大好书"。这部小说从默默无闻到广为人知经历了整整的二十年,它已经是中国当代文学中的一个传奇;另一件当然就是《白求恩的孩子们》在台湾的出版。这部被称为将要进入"文学史"的作品在过去的两年里对我的生活影响巨大。它何时能够在大陆出版将会成为我个人与这个时代关系的标志。

如果12月21日真的是世界末日,你会在哪里?在干什么?

世界万物都有生命,世界当然也会有末日。但是,世界的末日是"天机",不是我们这些凡人可以预知的。我们最好还是不要"杞人忧天"。12月21日我会在加拿大的蒙特利尔。清早我照例会到皇家山顶上去溜冰,白天我照例会阅读和写作,晚上我照例会听两三个小时的收音机。然后,我会安心睡去。第二天醒来我会知道,世界末日已经过去。

写作对你有多么重要?

写作既是我的生理需要,也是我的精神支柱。没有写作我肯定活不下去。

你怎么看待贫富差距及其相关的内心平衡的问题?

巨大的贫富差距会让一个社会变得势利、浮躁和腐化。对一个人口众多的国家,这种差距更是一种不安定的因素。一个没有丰富精神生活的社会是很容易失去内心平衡的。

有人说婚姻会消失,你对婚姻观解体的问题怎么看待?

人类社会中的任何一种制度都不会是万寿无疆的。人们关于任何制度的观念也不会亘古不变。我认为婚姻观的解体并不可怕。可怕的是人们与亲密感的关系已经破裂。亲密感需要缓慢和简单的生活来支撑,但是"缓慢"已经因为高新技术而一去不复返了,同时,人们的生活也因为物质和技术而变得越来越繁琐。现代人对物质和技术的依赖超过了对人的依赖。

你觉得缺乏信仰对中国人意味着什么?你有信仰吗?如果没有,如何获得归属感和安全感?

现代生活很容易让人厌倦。缺乏信仰就很容易被这种厌倦情绪压垮。我信仰"创造力"。具体到自己的情况就是信仰"写作"。写作给我归属感、安全感和美感。写作就是我的宗教。没有时间写作,我就像是无家可归的孤儿。

你觉得中国会往何处去?我们现在说"中国特色社会主义",你觉得中国特色指的是什么?

我对全人类的前途都不乐观,"中国向何处去"对我当然也就是一个灰暗的问题。"社会主义"其实是一种理想的社会制度,但是它自身包含着许多难以克服的异化和荒谬的因素。中国特色就是人口众多,资源稀缺。这样的特色让异化和荒谬在更低的层面上泛滥和肆虐,更具破坏性。

压力大的时候,你采取何种方式放松自己?

我会去长跑,或者去徒步。我一年中的大部分时间居住在自然环境极好的蒙特利尔。我很幸运。

你认为程度最浅的痛苦是什么?

程度最浅的痛苦是与心灵无关的痛苦。

你如何定义你自己?

我是一个虔诚的写作者,一个追求完美的写作者。

新的一年,你最想对自己说的话是什么?你最希望拥有的是什么?

写下去,并且写得更好,这是我最想对自己说的话。我最希望拥有的是平静和时间。没有平静和时间,写作就不可能。

后记:
这次访谈的问题由《三湘都市报》记者李婷婷提供,分别由三位受访者回答,并于2013年12月30日同时发表于《三湘都市报》。

"'个人'是我所有作品的主题"

从去年到现在,你在国内出版了六部作品。1月份,国内多家杂志又同时刊出了你的短篇小说。有人甚至说,过去一年,在一定程度上可以称为出版界的"薛忆沩年",你个人怎么看待这次爆发?

从历史唯物主义的观点看,你可以说这"爆发"是必然的,因为我从上个世纪九十年代中期"重返文坛"之后,一直在坚持写作,而且越写越好。2002年正式移居海外之后,写作经常会因生活所迫而中断,但是并没有出现九十年代上半期那种长时间的停顿。比如,2003年的3月,我就写出了《通往天堂的最后那一段路程》,它可以说是目前这次"爆发"的重要准备。从2005年起,我就有了写作"深圳人"系列小说的想法。而2006年到2007年间,我为《南方周末》和《随笔》杂志撰写的读书专栏构成了《文学的祖国》的主体。还有,这些年来我的主业是学习。我首先是学习法语,后来又学习英美文学(如果不是因为这"爆发",我现在一定是在撰写我的英美文学的博士论文)。这些与语言有关的高强度的学习让我对语言产生了许多崭新的认识。一些评论家已经从我前些年的发表中注意到了我语言能力的进步,而这次的"爆发"更是我进步的集中表现。

从历史唯心主义的观点看,我要说这"爆发"中充满了偶然性。比如一月份全国有四家杂志同时刊出我的小说,这"四面出击"的局面其实就很偶然。《上海文学》上面的那篇是推迟了两期才登出来的,而《人民文学》上的《两姐妹》("深圳人"系列中的最后一篇)从交稿到发稿只用了五天的时间,它是意外地提前发表的(有趣的是,"深圳人"系列中的第一篇作品《出租车司机》也是由《人民文学》刊出的,那是十五前的事)。去年夏天,上海三家出版社同时推出我的作品也是基于多种偶然的因素。

当然,根据我们熟知的辩证法,这"必然"和"偶然"又是可以统一起来的。

很多之前从未读过你作品的读者,就像是重新发现了一个作家,重新发现"薛忆沩"。其实你已经出名多年,而对很多人来说却是重新发现,你怎么看待这个有趣的现象?

"薛忆沩"就像他的许多作品一样总是要靠"重新发现"来被发现。这的确是中国当代文学中的一个有趣现象。长篇小说《遗弃》在出版八年之后才突然广为人知。短篇小说《出租车司机》在《人民文学》首发之后,毫无反响,三年之后再由《天涯》刊出,却被从《新华文摘》到《读者》的几乎所有的选刊选载,成为短篇小说的"经典"。而我还有一部完成于1989年1月却仍然不能出版的长篇小说《一个影子的告别》以及目前只能在台湾出版的长篇小说《白求恩的孩子们》,还不知要等待多长的时间才能被国内的读者"重新发现"。这种现象的后面有各种各样的原因,社会的、政治的、审美的……我觉得总是能够被"重新发现"是我个人的幸运。它也从一个独特的角度标明中国文学的审美趣味正在从农村走向城市,从外部走向内心,从集体走向个人。

其实,这三年以来,我自己也在不断地"重新发现"自己,通过重写自己的旧作来"重新发现"自己。我重写的《遗弃》和《出租车司机》等作品现在都已经出版,读者可以通过对比来发现我的进步。前不久,我又重写了《通往天堂的最后那一段路程》。这是在"中篇小说金库"第一辑中与《阿Q正传》等十一部文学经典并列的作品。但是,它仍然能够通过"重新发现"来释放更大的魅力。

在海外写作的华语名家还有不少,比如哈金、马建等。在异乡写作,对你有什么意义? 对你写作的帮助和阻碍在哪里?

每个人的情况都是不一样的。你提到的两位在"写作语言"上就正好处于两个极端:哈金是基本上只用英文写作的写作者,而马建只用汉语写作……你的问题让我想起《青年艺术家的肖像》的主人公。他所追求的人生目标是表达的自由和纯净。而在小说的最后,他相信他已经找到了能够确保这个目标的三种"武器":"沉默"、"流亡"和"精明"(注意这第三个词的原文是cunning,乔伊斯的本意很难用汉语翻译到位)。"沉默"是对浮夸的抵制,"流亡"是对同化的逃避,而"精明"是对粗俗的反抗。"在异乡"当然就是处在"流亡"的状态,"沉默"和"精明"也会成为必要的生存技能,因此,表达的自由和纯净更容易得以实现。

另外,复杂的语言环境对写作也很有帮助。蒙特利尔是一座双语城市。而对于母语不是英语或者法语的居民,它的语言环境就更加复杂。三种语言的碰撞让我对汉语有了越来越深的认识,让我发现了汉语更多和更深的魅力。我最近的这些出版物就是我与汉语之间新关系的见证。

至于阻碍,我想主要在于身边没有自己的读者。将来如果我作品的翻译多起来,这种状况也许会有所改善。

为什么没有像哈金等作家那样用英文写作?

十一年前,我是带着要用英文写作的野心离开中国的。我的心中装着那些跨越过语言边境的伟大的名字。我的练习也比较扎实,从最基本的作文开始,一直写到了关于福克纳作品的长篇大论。最后,我还写成了一部小说(就是《白求恩的孩子们》的初稿)。但是两年前,在用汉语重写完《白求恩的孩子们》之后,我就决定放弃用英语写作的努力了。到目前为止,我用英文发表的全部"作品"只有二十年前在英国《独立报》上发表的两封读者来信以及四年前在蒙特利尔大学学生刊物上发表的两首诗歌和一篇实验小说。

去年你在国内待过较长的时间,在你看来,国内同行的写作可能存在着什么问题?

我与国内的同行交流不多。但是我知道他们都热衷于写长篇小说,而不愿写短篇小说。我觉得这是一个问题。中国文学现在到了要将小说当成艺术的时候了。而衡量小说艺术的三个主要尺度是语言、细节和结构。短篇小说是最能够也最需要展示这三方面水准的文学体裁,值得我们特别重视。

早年是什么原因促使你走上写作道路的?哪些文学作品影响了你最初的文学写作?

我在回忆七十年代的随笔《一个年代的副本》中提到"语言"和"死亡"这两股力量对我成长的影响。可以说,是对语言的迷恋和对死亡的恐惧让我走上了写作之路。海量的阅读是每个作家成长道路上的关键。我的海量阅读发生在十岁的时候。当时,我几乎每天都去一位很有意思的邻居家里,我从那里借读过大量繁体竖排的"毒草",包括《约翰·克里斯朵夫》《牛虻》《茶花女》等。而我从家里的书架上可以翻到伟大导师和领袖的著作。这些著作和那些"毒草"同时奠定了我的文学基础。

有哪些作家和作品至今影响着你的写作?

真正影响我的是我在十五岁的时候开始接触到的存在主义哲学和荒诞派戏剧。我的人物总是充满了对生命和生活的疑惑。我的一个人物说过"迷惘是生命的本质",我的另一个人物说过"生活是最真实的赝品",这些说法都反映了存在主义对我的影响。而在形式上,乔伊斯、马尔克斯、卡尔维诺这些对写作抱着"原教旨主义"态度的作家对我的影响很大。《青年艺术家的肖像》《一个没有人给他写信的上校》《百年孤独》……这些作品一直都在影响着我。它们告诉我:小说是一门艺术,尤其是语言的艺术。马尔克斯说"作家的责任就是将作品写好"。这也是我奉行的教义。而除了语言之外,"好"还表现在结构的美,那是可以用数学(几何及代数)的标尺来量度的美。

你现在的写作习惯是怎么样的? 比如喜欢在哪里写作,什么时候开始写作,在写作的时候有哪些癖好?

我一般是白天写。有时候从早上五点钟就开始,可以断断续续写一整天,写到晚饭之前。除去跑步、午休和吃饭的时间,每天可以写八九个小时。重写《遗弃》的时候就是这样按部就班地一直写了三个多月。写作的时候,我会听一点古典音乐,经常是大提琴。晚饭之后一般就不会写了。散步回来就要听收音机了。收音机里有很好的节目,哲学、历史、文学、科学……应有尽有。

能简单描述一下你现在的生活状态吗?

我的生活简单说来就是写作。我正在重写一直不能出版的长篇小说《一个影子的告别》。我并不觉得这部作品在文学上有太大的价值,但它肯定是我个人写作道路上的一个重要标志。我曾经说这部小说不出版我就不会过我的二十五岁生日。当然,我也在写新的作品。今年,我的"深圳人"系列小说集(暂名《城市里面的城市》)和我的"战争"系列小说集(暂名《历史外面的历史》)将会同时出版。两部小说集中的作品大都是经过多年打磨的精品。

在你的写作中,哪些主题是你永远都可能去处理的?

个人的受难、个人的挣扎、个人的抗争……总之,"个人"是我所有作品的主题。这个主题会沿着爱情、压制、孤独、死亡等方向投射到个人与历史的关系之中。通过表现挤压在"偶然"与"必然"之间的个人的处境,我相信我的文学能够帮助读者认识历史,认识自己。

后记:

这篇访谈的原稿是一组专题访谈的一部分,发表于2013年第2期《睿士》ELLEMEN杂志,采访提纲由杂志的特约记者提供。同一专题接受采访的还有贾平凹、阎连科、哈金、阿乙、徐则臣、麦家、刘慈欣等七位作家。

八十年代的精神状态

能聊聊您二十世纪八十年代在长沙的生活吗?每天做些什么?看些什么?有没有什么感兴趣的事情?抑或是感到特别无聊的事情?

整个八十年代,我有一半的时间是在长沙度过的。在1981年8月离开长沙去北京读书之前的那一年半的时间里,我感受最深也是受益最大的是当时的文化气氛。那时候,长沙的书店(如五一路上的新华书店和蔡锷路上的古籍书店)里能够买到足以满足我超常求知欲的书籍,而长沙的邮局(如五一路邮局和中山路邮局等)里也能够买到非常严肃的期刊。这其实不是长沙的特殊情况,而是当时中国的普遍情况。那时候,甚至小城镇(如我经常去的宁乡)的新华书店也都卖很严肃的书籍。1980年底,长沙举办了第一次"书市",地点在省展览馆内。那是令人难忘的日子……我第一次看到了那么多的书和那么多爱书的人,我的求知欲第一次得到了那么充分的满足。我至今保留着在那次书市上购买的一些书籍,如全套的《悲惨世界》等。八十年代初的文化气氛将我引导到了正确的道路上,当时我没有"无聊"的感觉。1985年7月大学毕业回到长沙之后的生活就不如八十年代初那么单纯了。我看到了中国社会的许多变化,异化的感觉强了,无聊的感觉强了……那四年多的时间里,我个人的生活也比较动荡,经常会"在路上"。

您身边的人当时都是一个怎样的生活状态?您怎么看他们?

当时有不少人对精神生活很有追求,我得益于与他们的交流。而大多数人的生活大概永远都是那样"平庸"。我对"平庸"一直都非常恐惧。记得1987年春天的一天,我骑车往返宁乡(大约一百公里)。疲惫地回到我居住的政府机关大院的时候,看到那些公务员提着黑色的公文包来来往往,我突然感觉极为恐惧。大多数人都在过着一成不变的日常生活,都在为最后那张讣告活着。而我很清楚,自己永远都不会向"平庸"的生活低头。

您经历过一些大的事件吗?最让您记忆深刻的是哪些?

从七十年代走过来的人,应该对许多大事都有深刻的记忆。我还是谈谈我自己生活中的两件"大事"吧。在大学三年级的时候,我曾经有一次退学的冲动。当时,"清除精神污染"的运动正在全国展开,我深受刺激,情绪十分低落。最后,我终于忍无可忍了。一天傍晚,我从王府井新华书店出来,突然产生了逃跑的想法。我去北京火车站,买了一张马上就要开车的途径长沙的火车车票。我当时只背着一个书包,身上也没有余钱。一路上二十二个小时,我没吃没喝没睡……但是,在长沙滞留了一个星期之后,我还是向生活低下了头,回到北京,完成了自己的学业;另一件"大事"发生在1986年。那一年,我用绝食的"极端手段"挑战体制,让据说是从来都不向个人让步的巨大国营军工企业向我做出了让步。我离开那座卡夫卡的城堡似的企业,回到了长沙。那是对我的文学生涯至关重要的事件。接下来是我文学创作中的第一个高潮,在1988年夏天到1989年春天这一段时间里,我完成了《遗弃》和《一个影子的告别》这两部长篇小说。接下来是我们那一代人永远都不会遗忘的八十年代梦魇般的终结。

环境和你想创作的小说有关系,给了你什么灵感?

整个八十年代是我个人的"开放"时代。我从来对大环境都非常在意和敏感。大环境在我个人的生活和创作上都留下过很深的痕迹。《遗弃》和现在正在台湾杂志上连载的《一个影子的告别》都对大环境有强烈的"反应"。《遗弃》看到了中国社会中潜在的危机,它对即将来临的"混乱"充满了焦虑,而《一个影子的告别》看到了中国人精神世界的崩塌,它声称我们已经进入了一个"告别的时代"。

八十年代的文学作品是怎样的?

八十年代中国年轻的写作者有征服世界的野心。文学也是日常生活中的兴奋点。后来,许多人都转行或者转向了。那时候的写作者带给了我们许多好的故事以及新颖的叙述方式,但是他们对语言似乎不够重视。

您是怎么想到要写出《遗弃》这样的小说的?

不是我想到要写出,而是它要我写出。所有的作品好像都是"生逢其时"的,包括那些一时无法出版的作品。前面讲过,《遗弃》对环境有强烈的"反应"。这是一种本能的"反应"。我做的工作只是为它寻找好的语言和好的形式。我一直认为,八十年代的中后期是一个非常重要的历史时期,因为我们今天的许多问题都已经埋伏在那里。

回过头来看,您觉得八十年代最为珍贵的东西是什么?对现在造成了不好后果的东西又是什么?

对我个人来说,最为珍贵的是向现代西方精神文明的开放。可惜的是,这种开放还没有来得及被消化,物欲就开始在中国土地上横流了……

最后,您如何评价二十世纪八十年代?

八十年代有两种颜色:前半期是精神生活占主导位置的时期,后半期是物质生活开始篡位的时期。我的写作对这两种颜色都做出了"反应":《遗弃》是精神生活的挽歌,它的主人公的"消失"具有强烈的象征意义。而《一个影子的告别》是物质时代的序曲,它的主人公的"告别"同样具有强烈的象征意义。

后记:

这篇访谈的原稿发表于 2013 年 6 月 5 日《晨报周刊》。最初的采访提纲由杂志记者提供。

一座城市的"必读书"

在回顾2012年的时候,国内的媒体称它是出版界的"薛忆沩年",因为他在那一年里一共出版了六本书。今年,薛忆沩继续保持旺盛的势头。年初由上海文艺出版社推出《流动的房间》新版之后,其他两部重磅的小说集又即将面世,其中包括他用十六年时间创作,并且在中国文学的版图上留下了显眼印迹的"深圳人"系列小说集《出租车司机》。薛忆沩今年春天受聘为中山大学高等人文学院驻院学人,现居广州。以下是我对他就"深圳人"系列小说集进行的访谈。

首先要祝贺"深圳人"系列小说的结集出版。这是你今年出版的第二本书吧?

《流动的房间》新版去年的12月份就已经上市,不过它的版权页上注明的出版时间是2013年1月。所以,"深圳人"系列小说集应该算是今年的第二本书。题为"首战告捷"的"战争"系列小说也将接踵而至。加上我刚刚在台湾杂志上连载完的长篇小说《一个影子的告别》,今年应该有四本书进入阅读的视野。华东师范大学出版社对我的两部新小说集非常重视。两部小说集的首印数也超过了去年在国内出版的五本书的总和。

"深圳人"系列小说为什么以《出租车司机》为名?

以《出租车司机》为名至少有四个理由:第一,《出租车司机》是这个系列中最早完成和最早发表的作品。它完成于1997年的5月,首次发表于《人民文学》当年的第10期;第二,《出租车司机》是这个系列中最出名的作品。它在2000年由《天涯》杂志再次刊出后,被从《新华文摘》到《读者》的几乎所有的选刊选用,在最近这十六年里也多次被选入各种选本;第三,《出租车司机》是这个系列中唯一写于深圳(也是唯一写于国内)的作品。它是我在深南东路上一次散步的结果,是我在深圳一气呵成的作品;第四,"出租车司机"的工作特性是流动的,而他的服务对象也是流动的,这双重的"流动性"正好与我心目中的"深圳人"的处境相吻合。

刚刚在《收获》杂志上登出的《神童》是一篇关于成长和教育

的作品。我在微博上看到了许多对它的好评。你自己在一篇名为《最后的"深圳人"》的专栏文章中也谈到了它。它是这个系列最后发表的一篇吧?

是的。它也是整个系列中少数可以贴上"批判现实主义"标签的一篇。它的矛头直接指向成人社会和教育制度。小说的叙述者是一个遭受性侵犯的天才少年。他最后选择了用自弃的方式来自救。

"深圳人"系列小说集中一共收有多少篇小说?

我曾经说,这部小说集是我花十六年时间孕育出的"十二胞胎"。也就是说,小说集收入了十二篇作品,它们分别是:《母亲》、《小贩》、《物理老师》、《出租车司机》、《女秘书》、《剧作家》、《两姐妹》、《同居者》、《文盲》、《神童》、《"村姑"》和《父亲》。

这些小说大都曾经刊登在顶级的文学杂志上,而且大多曾被选入当年的年度最佳短篇选本。"深圳人"系列小说是你这个"深圳人"在中国文学版图上留下的特殊印迹。

这十二篇作品中有两篇刊于《收获》杂志,两篇刊于《人民文学》杂志,两篇刊于《新世纪》周刊,五篇刊于《花城》杂志。它们还曾经被刊登在《天涯》、《作家》、《今天》、香港《纯文学》杂志以及《小说选刊》等选刊上。有人称这部由普通的深圳人为原型的"深圳人"系列小说集是一部"全明星"的小说集。

有哪些小说是你希望读者特别关注或者留意的?

我在审读清样的过程中又对每一篇小说做了最后的推敲和修改。我的精益求精让我的编辑都非常吃惊。最后的把关也是我对作品重新认识的过程。我相信小说集中的每一篇作品都是值得细细品味的。如果一定要暴露我的偏爱,我会挑出系列中待遇最差的《小贩》。我希望读者能够发现这篇"用三十三年时间写成的短篇小说"的奥秘。可惜,这篇经过精雕细琢的作品只在《时代周报》和《百花洲》杂志上刊登过,是小说集中唯一没有出现在所谓"顶级"文学杂志上的作品。

我注意到你把这本小说集称为"深圳人的文学索引",集子中的每一篇小说都跟深圳有关吗?

是的,每一篇小说都与深圳有关,都根植于我个人的深圳经验。不过,在整个系列的写作过程中,我有意淡化了实景,几乎隐去了所有的深圳地标。我关心的是深圳人的内心生活。借用现象学的术语,我关心的是深圳人"情感的震颤"。我相信通过这种隐藏得很深的"情感的震颤",读者们会从这一个个普普通通的"深圳人"身上看到自己的邻居、自己的亲人以及或隐或现的自己。这大概就是我说的"文学索引"的意思。

你在凯迪网的访谈中说,文学可以让一座城市不朽,可以让在一座城市里生活过的人不朽。我想,你的"深圳人"系列小说代表了一种很高的文学企图和美学追求。

我有意躲开那些浮在表面的"地标",将注意力集中于内心生活,集中于那些积淀于生活深处的记忆和细节。从这个意义上说,"深圳人"系列小说是我个人的寻根之旅。是的,系列中的每一篇作品都有很高的美学追求,从结构、语言和内容上都经过了反复的推敲和提炼。

你的这种努力让我想起了乔伊斯的《都柏林人》……

乔伊斯是我的偶像,《都柏林人》是我的偶像为被他"遗弃"的城市写下的"必读书"。那其实也是他为所有城市写下的"必读书"。我一直也想为对自己的写作产生过巨大影响的城市写下一本"必读书"。"深圳人"系列小说是我执着的尝试。

后记：

　　这篇访谈的节本发表于 2013 年 6 月 17 日《深圳特区报》。最初的采访提纲由《深圳特区报》记者王绍培提供。

"写作是最艰难的人生冒险"

当年为什么选择出国,离开母语写作环境?

选择出国主要是为了逃避陈词滥调。在一种语境里待久了,你会发现很多词语已经蜕化变质,变得沉闷,变得功利。对事物的看法和对情感的表达方式都可能蜕变成陈词滥调。而写作者的灵魂是需要新鲜的刺激的。在母语之外的地方,写作者当然更容易获得这种刺激;还有,我自己曾经有一种很强的野心,很想用另外一种语言写作,或者说与对我产生过重大影响的一些作家用同一种语言写作。出国因此就成了"必经之路";还有,我自己对荣誉从来就比较警惕,选择离开与这种警惕也有一定的关系。我至今只得过一次文学奖,那还是二十多年前的事,还是在台湾。那是《联合报》文学奖中最小的奖项(获得那次大奖的是王小波的《黄金时代》)。我一直相信,从来没有在内地得过文学奖是我的幸运。但是在出国的前夕,我的文学出现了上升的趋势:《遗弃》变成了"名作",《出租车司机》和我的那些"战争"小说也获得了无数的好评。我开始有点警惕了……我愿意也需要把自己放在一个不受关注的位置。所以,我选择了离开。这么多年过去了,现在回头来看,我的选择当然是绝对正确的。但是在当时,我其实没有任何把握,其实看不到"今天"。事实上,我做了最坏的打算。我甚至想到自己可能因生活所迫,不得不放弃写作。对一个以写作为宿命的人,这当然是一种很痛苦的预期。我早就知道自己的生命与写作的宿命关系。如果有一天我突然发现自己不能写作了,那我的生活就会戛然而止。好在这最坏的情况并没有发生。发生的是最好的情况。在经过将近十年的离开之后,我又回来了,带着一个写作者的激情,带着一个写作者的虔诚。我又回到了阅读的关爱之中。这两年来的创造力让我对当年的离开充满了感激。我是一个可以被噪音击垮的人:马路上的噪音、餐馆里的噪音和语言中的噪音(也就是陈词滥调)都可以损害我的创造力。在国外的这十年里,我下餐馆的次数屈指可数,而且几乎从来没有进入过围坐一桌的饭局。环境的宁静和语言的清新让我能够专注于记忆和想象。这种专注的一个重要收获就是与母语的和解。从2008年写作《与马可·波罗同行》的时候开始,我意识到自己有生以来第一次真正迷上了汉语,而汉语也真正爱上了我。

这些年国内生活细节和经验的丢失,对你的创作会有损失吗?

大家都说中国此刻的现实比文学更魔幻。好像写作者可以从现实中信手拈来细节和场面，可以直接因现实而受益。在我看来，情况可能正好相反：写作者很可能因为现实而受害。从来的写作者都面对着与现实的关系问题。写作的本质就是用语言和结构设置一个瓶颈或者一条河道，让纷杂的现实呈现出美学的形态。因此，一个写作者到底要知道多少，一部作品到底要让读者知道多少，这是需要写作者认真对待的问题。这不仅是一个写作上的技术问题，更是关乎写作的伦理问题。太多的信息很可能会导致想象力的迟钝和美感的衰竭。一个过于依赖车的人，开始是不愿意走路了，最后也许就不能走路了。一个过于依赖现实的写作者的写作生命当然也不是非常健康。同样，一部作品中堆砌了太多没有经过心智筛选的"真实"肯定会败坏读者味口。我不认为我的离开导致了什么损失。相反，离开让我更能够"透过现象看本质"。小说不是堆放现实的仓库，而是展示生活奥秘的博物馆。博物馆的藏品需要具备特殊的价值。我的长篇小说《白求恩的孩子们》是一部与现实和历史都关系密切的作品，本可以肆意地堆砌，但是我在写作的过程中还是严守住了自己一贯的节制原则。

在国外生活多年，怎么没有把移民经验放进创作里？

我对经验比较怀疑，所以不会在短时间内将经验变成作品。也许过很多年之后，在我从生理和心理上彻底消化了移民经验之后,我会去写它。也许那时候,它已经不再是一个时髦的话题了。这很好,因为我从来就害怕时髦。移民是一种很深刻的生存经验,里面纠缠着许多关于生命的主题,如记忆、孤独、语言、荒诞、故乡、时间、距离……在《白求恩的孩子们》里,我其实已经在尝试着处理移民经验。小说的叙述者就是一位居住在蒙特利尔的中国历史学者。当然,小说的移民生活不过是"白求恩的孩子们"生活的继续,是那么多年的中国本土生活的阴影。

怎么看移民文学?

移民文学涉及至少两种语言、两片土地、两种生活方式,应该会有宽阔的视野。哪怕内容涉及的只是家庭琐事和个人境遇,也应该会有宽阔的视野。如果写作者能够有意识地保持较高的美学的标准,作品就能够呈现出这样的视野。我相信美学是写作的最高标准。美学本身就具有批判性,就是文学的政治。看看布罗茨基的散文和奈保尔等人的小说就清楚了。美学反映的就是艺术家对事物的根本看法。对美学的追求一定会让写作者对陈词滥调极为警惕。写作者不需要在作品里表决心喊口号,而应该让美学来诗意地呈现自己的追求。这是一个全球化的时代,在这样的时代,也许所有的作品都在向"在场"的观念提出挑战,都会带上移民文学的痕迹。总之,移民文学应该给文学贡献的是宽阔的视野。而只有在美学标准上拒不让步,它才可能成就自己的这种特殊使命。

我发现一件有趣的事,你的短篇和西方作家的一些作品"撞题",比如《神童》,卡森·麦卡勒斯也写过,比如《两姐妹》,一个爱尔兰女作家也写过一个关于姐妹的故事,有了前人的杰作,创作似乎变得越来越难,中国作家要如何找到自己的位置?

"两姐妹"是我为了向乔伊斯致敬而故意为一篇"深圳人"系列小说选用的题目,因为他的《都柏林人》里就有一篇题为"两姐妹"的小说。同题不会妨碍创作。写作者对事物认识的深度始终是最关乎作品质量的。我记得美国评论家威尔逊曾经说过十九世纪俄罗斯文学的英译其实非常糟糕,是那些伟大作家对人性认识的深度给予了那些作品"无法丢失"的震撼力。作家的位置只能由作品的质量来决定。

除了哈金这样的作家以外,中国作家以英语写作的可能性大吗?

大脑的功能是很神秘的。与语言相关的奇迹任何时候都可能发生。我不怀疑将来会有更多的中国写作者能够用英语写作,甚至写出很好的作品。但是我自己应该不会在那个名单里了。我的《白求恩的孩子们》的初稿是用英语写成的,那是我的成功,也是我的失败。它足以扑灭我出国之初揣怀的那种如火如荼的野心。我知道,这奇迹不会发生在我自己的身上。

你曾说你的小说关注灵魂的秘密,怎么理解?

回到刚刚出版的"深圳人"系列小说集《出租车司机》吧。在里面的所有十二篇作品中,读者都很少看到背景城市的地标。这是我的故意,或者说我的美学标准。因为我关注的是"情绪的震颤",普通人"情绪的震颤"。个人和历史的关系一直是我创作的一个主题。在噩梦般的历史里面,所有人的灵魂都是脆弱的。我们小时候的教育充满英雄主义的臆想,这种英雄主义导致了对个人的错误认识。人不是英雄,在与历史的较量中,人是注定的失败者。我的那些"战争"小说如《首战告捷》和《历史中的转折点》记录了这种失败。而作为见证这种失败的艺术家肯定要比一般人更加脆弱。我总是说,伟大的写作者一定是一个极度脆弱的人。没有极度的脆弱,你不可能发现灵魂的秘密。但是另一方面,因为写作是最艰难的人生冒险之一,写作者又必须有非常坚强的意志。这种分裂的状况让所有虔诚的写作者都很痛苦。

你被称为文学界"最迷人的异类",你跟别的中国作家到底有什么不一样?

我是一个认真写短篇小说的人。我认为语言是小说最重要的因素。而短篇小说是磨练语言又炫耀语言的体裁，它让我感觉卑微，又让我感觉过瘾。我的长篇小说也都是用写短篇小说那种精益求精的态度写成的。我对语言甚至包括标点符号的激进态度大概是我与许多中国作家不一样的地方。

即使在世界范围内，短篇小说都并不算最受欢迎的体裁。

但是它最富挑战性。我喜欢这种挑战。事实上，短篇小说的终点比长篇小说的终点可能更远，可能更不容易抵达。

你想通过小说解决什么问题？

小说解决不了任何问题。小说带来问题，呈现问题。小说的世界是可能的世界，它的里面充满了问题。写作者通常都是偏执的人。现实世界里有太多的障碍，偏执的结果是头破血流，而小说纵容偏执。叙述让我体会到充分的自由。一位历史学家说，自由让祖国近在咫尺。是的，叙述的自由让我与母语建立了更亲密的关系。

后记：
这篇访谈发表于 2013 年 7 月 15 日出版的《南方人物周刊》。采访提纲由记者邢人俨提供。

"文学永远都只有一个方向"

"深圳人"系列小说是过去十六年里你在中国文学的版图上留下的一道特殊痕迹。现在,这十二篇小说结集出版了。你在一篇文章里称它是你"用十六年时间孕育而成的十二胞胎"。在完成了这次奇特的分娩之后,你有些什么感受?

十六年前,《出租车司机》在《人民文学》杂志上登出来之后不久,我接到一家选刊编辑的电话。他称赞说很少见到作品能够将"城市"写得那么有"诗意"。他说他想选用这篇小说。他用的"城市"和"诗意"这两个词给我留下了深刻的印象。但是三个星期之后,这位编辑又打来了电话,告诉我小说没有被选上,因为他们的主编说"看不懂"。对一个羽翼未丰的写作者来说,这权威的"看不懂"当然会引起内心的骚动。我不知道问题出在哪里:是出在"城市"还是出在"诗意",或者是出在"城市的诗意"?三年之后,一个小小的电脑操作错误让《出租车司机》通过《天涯》杂志再次面世。奇迹接踵而至:它被从《新华文摘》到《读者》在内的几乎所有选刊选用(这其中当然也包括了曾经"看不懂"

它的那家权威选刊)。经过三年的进化,所有人都看懂了"城市的诗意"!这真是文学的奇迹。后来,"深圳人"系列小说陆陆续续刊出,一路上好评不断。最后的一篇《神童》是在今年第三期的《收获》杂志上刊出的。它不出意外地引起了热烈的讨论。我有时候觉得,"深圳人"系列小说这十六年的市场反应是一个社会学的案例,它从审美趣味这个特殊的角度见证了中国社会的转变。文学作品的命运是写作者与阅读者互相较量的结果。"深圳人"系列小说是一个双赢的案例。我庆幸我自己和我的读者都经受住了时间的考验。

你为什么用《出租车司机》做小说集的书名?

《出租车司机》是"深圳人"系列小说中的第一篇作品,也是其中最出名的作品,它当然最适合做小说集的书名。更重要的是,我认为"出租车司机"这充满悖论的职业隐喻了"深圳人"的共同身份,很能够表现那座无根城市的特点。出租车每天都在城市的迷宫里穿梭,它不断接近街景,又不断抛弃街景,它与城市的关系充满了不确定的因素。出租车没有固定的目的地。它总是在等待着下一个目的地,再下一个目的地……出租车司机表面上掌握着方向盘,实际上他却无法主宰出租车的方向。在短篇小说《出租车司机》中,忧伤的主人公是通过逃离城市和职业来逃离"出租车"带来的这些悖论的。

我知道,在全部这些作品中,除了《出租车司机》一篇属于"在场写作"之外,其他的都是在远离深圳,甚至远离中国的地方完成的。那么,你为什么还执着地将小说的空间圈定在深圳呢?

首先,所有这些作品都深深地根植于我的在场经验。如果我没有在八十年代末定居深圳,如果我没有十三年的深圳经验,"深圳人"系列小说不会成为我创作业绩中的一个板块。要知道,小说集中几乎所有的人物都是有原型的。他们不是媒体上歌颂的改革者和弄潮儿,他们是我在深圳遇见的普通人。他们的叹息和迷惘惊动了我的感觉,刻画了我的记忆。是的,我在2002年初离开了那座城市,随后的十年在那里的停留累计不到两个月,但是,我的在场经验并没有中断:我与深圳还保持着松散的联系。深圳的报纸上还不时会出现我的近照和动向,我还曾经为那里的报纸写过一年的专栏。而远离让我更精心地用记忆去打磨从前的在场经验。那些原型通过这种打磨获得了美学的形式。出没于我记忆深处的深圳人渐渐凝固成了文学中的"深圳人"。

"深圳人"系列小说没有呈现一般城市写作容易堆砌的城市地标或者城市的历史,它们关注普通人物的内心,用你的话是关注"个人情感的震颤",为什么选择这样的视角?

"地标"通常是语义贫乏的符号,是对城市的简化,就像荣誉是对生活的简化一样。更何况作为"中国最年轻的城市",深圳的"地标"通常都带有快餐的风味。深圳的历史也缺乏冲突和痛感,没有触及灵魂的参照性。关注人物的内心是我全部作品的风格。这种风格对于呈现"深圳人"似乎更是得天独厚。"个人情感的震颤"是所谓新现象学的说法。当生活面临着转机或者危机的时候,人的内心会有各种奇特的反应。这些反应是观看生活、认识生活的最佳角度。我突然想起了一个成语,这可以说是"乘人之危"。

你怎么看待"城市文学"这样的一个概念?

我不喜欢这个概念,尽管现在经常听到人说中国文学正在转向,转向"城市文学",甚至还经常听到人说我的作品是这种转向的代表之一。我不喜欢这个概念。我不喜欢给文学加上地域、职业或者性别的定语。所有那些定语都是狭隘和霸道的,它们轻则是学术的花招,重则是政治和利益集团的偏见。鲁迅的文学属于哪一种文学?托尼·莫里森的文学又属于哪一种文学?文学是对生存状况的认知和呈现,地域等等只是它的外延,不是它的内涵。人才是文学之本。"城市文学"就像"乡土文学"一样,一旦成为时髦,成为主流,成为文艺政策扶持的对象,就很容易丧失它的同情心和辨别力。文学是孤独的事业。文学风格是写作者的财富和气质。重要的是要坚持个人的风格,"不以物喜,不以己悲"。当我的"城市文学"连文学界的权威都"看不懂"的时候,我在认真地写。现在,这种文学变成了关注的对象,我还在认真地写,甚至更认真、更不安地写。我最近这三年的重写是我的认真的最好证明。在我看来,文学永远都只有一个方向:就是去认识人、寻找人、发现人。而指引写作者的罗盘必须具备三种"原件":考究的美学、批判的精神和悲天悯人的情怀。我们应该将那些多余的概念统统扔掉。

那你怎么看待现在的中国文学与城市的关系。有人认为中国的文学跟不上中国城市的发展,你怎么看待这种现象?

中国的城市发展如此之快,文学怎么可能跟得上?……有不少的统计数据说明中国已经不再是一个传统的农业社会了,中国的城镇人口已经与农业人口持平了。因此,大家也就开始关心起中国文学的"城市化"问题来。其实中国文学早就开始了自己的"城市化"进程。只是这种"开始"在"乡土文学"受官方保护和学术偏爱的年代不容易被读者看到。以我自己的《遗弃》为例,那应该就是一部有强烈城市意识的作品。现在大家每天都在热议过快的城市化进程给中国带来的问题:空气的问题、饮水的问题、食品的问题、交通的问题、医疗的问题、教育的问题、家庭的问题、人际关系的问题……这些问题在二十四年前出版的

《遗弃》里都已经暴露出来了。小说的主人公正是从这些问题里看到了世界的"混乱"——小说的这个关键字现在应该是许多人对今天中国社会的同感……我相信,《遗弃》并不是个案。我相信,早在上个世纪的八十年代,中国有更多的写作者就写下了思考和反省"城市化"进程的文学作品。只是它们不够幸运,没有能够像《遗弃》那样在"城市化"的狂潮中留下痕迹。《遗弃》本身也是被冷落了许多年之后才被"重新发现"的。我想,问题还是要从体制上去看。如果我们的体制坦诚地保护创作的自由,文学就会具有强大的生命力和辨别力,文学就不仅会跟上时代的发展,甚至还能引导时代的发展。

"深圳人"系列小说将你对城市的感觉更彻底地呈现了出来。你怎样理解城市性?

城市本来是为了生活的方便、安全和乐趣而发展起来的,但是它现在却变得很不方便、极不安全、也了无乐趣了。它成了生活的污染源,精神的压力源。城市是人类历史上的又一个悖论,它强化了历史的荒谬感和人的异化感。"深圳人"系列小说中的作品让人看到了城市给人带来的折磨和痛苦,最突出的包括《小贩》和《神童》两篇。我相信将来会有更多的人选择远离,选择"遗弃"。城市的悖论不可能解决,只可能逃避。

波德莱尔和本雅明都有提及,就是文学对于城市的叙述在本质上都是反城市化进程的,你认同这个观点吗?

我当然认同这个观点。"深圳人"系列小说就是我的认同。小说集中的每一篇作品都带有浓厚的"怀旧"情绪,都像是城市生活的挽歌。几乎所有的"深圳人"都在想要逃离自己的城市,都在用自己的方式逃离自己的城市。这个观点肯定了文学的批判功能。我曾经说过,对"此处"的批判既是文学的天赋,又是文学的责任。

在你的阅读视野内,让你印象深刻的关于城市的作品有哪些?为什么?

首先要提的是乔伊斯的《都柏林人》。在我看来,那是关于所有城市的"必读书"。它激起了我写作"深圳人"系列小说的野心。当然还有他的《尤利西斯》,我从那里知道了城市与个人关系的许多奥秘,比如广场和卧室是城市生活的两个最极端的空间。高端的广场代表的是历史的抉择,低端的卧室代表的是个人的困惑。《尤利西斯》最后死守住的是低端的卧室。任何一间卧室其实都包含了人类生活最基本的因素,那其实是文学的重镇。"深圳人"系列小说同样遵循类似的立场。当然还有许多的随笔作品,如本雅明的那些作品。当然还有布罗茨基。他的《一座被更名的城市的指南》对彼得堡(列宁格勒)的地标和历史的批判可以"拿来",值得"拿来"。"更名"是饱经浩劫的中国读者熟悉的革命手段,现在又成了"城市化"进程中的商业行为。它对一座城市心理的伤害可能要过很多年才会反映出来。

你的《与马可·波罗同行》是解读卡尔维诺《看不见的城市》的作品,它是在你写作"深圳人"系列小说期间完成的。我想知道,卡尔维诺的那部神奇的作品是否让你对城市的认知产生了变化?

那更是一部悲观的作品。卡尔维诺在作品中对"城市化"的进程做出了深刻的批判。比如在叙述第五十一座城市的时候,他用充满诗意的语言传达了这样的信息:"城市化"进程表面上导致了田园的消失,最后却将导致城市本身的消失。卡尔维诺认为,我们生活于其中的城市其实就是"地狱"。他的这种见解让他的作品接通了他的母语中最伟大的诗篇。当然,卡尔维诺并不是虚无主义者。在《看不见的城市》的最后,他发现了人生的意义。我们活着就是为了"在生活的地狱里去辨认哪些人还没有死去,去寻找他们,给他们空间,让他们继续生活下去"。这正好就是我前面强调的文学的责任以及创作自由的意义。通过"深圳人"系列小说,我想呈现的也是一座"看不见"的城市。

后记：

  这篇访谈作为封面专题发表于 2013 年 7 月 27 日《新京报》"书评周刊"。采访提纲由记者于丽丽提供。访谈后来又与关于马尔克斯、希尼、门罗、莫言、余华、木心等十三位作家的《新京报》封面专题一起收入《渡：希望之书》中。

对美感和诗意的向往

很多人会把《出租车司机》这部短篇小说集里的诸多篇章列入"城市文学"名下,我觉得事情没有这么简单。这部短篇小说集的复杂之处在于,你有乡村生活的经验和视觉,这是你在观察城市的时候不可能摆脱的前缀;还有,你至少有在两种类型城市生活的经验,尽管你在长沙生活和工作过,但是,"深圳"这座中国城市化进程中的试验场与上世纪七八十年代的长沙的区别是显而易见的。后者是计划经济时代的产物,而前者则是市场经济的桥头堡,这两种城市对人的影响和吸引力是截然不同的。"深圳"在你个人的历史上处于什么样的地位?对你而言,在那里的生活经验分别摧毁和强化了什么?"深圳人"系列小说的精神底色到底是什么?

我是在1989年底决定离开长沙去深圳生活的。我离开的决定与经济没有任何关系。那是一种姿态。拔高一点说,那是一种带有浓厚历史感的姿态。但是,我并没有马上离开。我在等待与那种历史感相关的"清算"。1990年春节前后,我完成了中篇小说《一九八九年十二月三十一日》。这是我自《遗弃》和《一个影子的告别》两部长篇小说之后最激情的写作。它就是我等待的"清算"。然后,我就离开了。这是我生活中的又一次"遗弃"。我知道,我的许多同代人那时候都有被世界"遗弃"和想要"遗弃"世界的感觉……我很快就变成了"深圳人"。后来,因为《遗弃》的重现,我又变成了出名的"深圳人"。长篇小说《遗弃》可以说是联系长沙和深圳这两座城市的一个象征性的文本。现在回想起来,八十年代末决定离开长沙到深圳生活是我文学道路上的关键事件。这一次"移民"生活经验强化了我对个人与历史关系的认识以及我对所有"个人"的同情,也淡化了我对宏大叙事的热情。这种转变正好吻合了我的文学追求和气质。我的写作关心脆弱的个人。"深圳人"系列小说的精神底色应该就是个人的生存痛苦。中国的城市化高速发展到今天这种地步,个人的生存痛苦已经变成了一种无法治愈的病……我的写作应该是触到了城市生活的痛处。

"深圳人"系列虽然是以深圳为背景,你的画板其实却是极微小的,在每一个篇章里,你要描画的只是一个人或两个人。这就使得你的小说极为细腻,也极为黏稠。城市与乡村不同,它往往意味着更多的故事,更剧烈的变迁,尤其在深圳,很多事件可以说是波澜壮阔。最终打动你、使你动笔的是什么?很多人都说,中国的现实比虚构更魔幻。我在想,对于一个生活在城市里的小说家,面对纷繁复杂的事件,写作题材取舍的标尺是什么?

小说家作为大众中的一员,当然可以有大众的癖好,当然可以好奇骇人听闻的现实。但是,小说不是现实的另一个版本,不是纷繁事件的堆砌。"去粗取精"是基本的写作伦理。想想《乡村医生》的情节有多么简单,但是卡夫卡可以用他非凡的洞察力和表现力让那样简单的情节具有那样强烈的感染力。文学是能够而且应该在"于无声处听惊雷"的艺术。关键是要执着于纷繁复杂的内心世界,小说要呈现的是隐藏在个人内心世界中的惊涛骇浪。小说是强大的认知工具,它为我们打开个人的内心世界。对个人内心世界的认识能够为我们揭示人类生活的奥秘。

《母亲》是这部小说集打头的第一篇。在这篇小说里,女人面临着一个改变庸常生活的选择,但是,她最终没有走出那最后的一步。这部小说集里的许多主人公都是羞于表达或拙于表达的,他们是"深圳人",却好像并不是"城市人"。我感觉他们处于"城乡接合部",不是地理上的,而是心理上的。他们与"城市"相处得并不融洽,他们始终是"异乡人"。很多人因此最终选择了离开。在城市化急遽加速的中国,我认为你揭示了一个重要的心理问题,是这样吗?

我上大学的时候读过一本费孝通先生写的小书,题为"乡土中国"。在很长一段时间里,中国曾经一直都是"乡土中国"。现在,城镇人口已经超过了农业人口,但是我想,中国绝大多数城市人的心理状况都可能处在"城乡接合部"。这也许就是"浮躁"的社会学基础:我们已经离开传统的"农业社会"了,而我们的日常生活和思想意识里还带着传统社会的强烈痕迹。要知道,日新月异的"城市"并不是可以生根的地方,那么多的暴力,那么多的污染,那么多的拆迁……是的,许多人都在选择离开,更多的人都在想要离开。"深圳人"系列小说的确看到了"城市化"带来的一些心理问题。

在《出租车司机》这篇小说的结尾,"出租车司机清楚地知道自己不可能在如此陌生的城市里继续生活下去。他决定回到家乡去,去守护和陪伴自己年迈的父亲和母亲"。而在这篇小说的中部,你写了两段非常精彩又非常模糊的对话。这两段男女之间的对话为出租车司机的离开配上了强烈的背景。我感觉这两段对话不只在《出租车司机》中非常重要,在"深圳人"系列中也地位超然,它们似乎揭开了城市具备的某种秘密,那是什么呢?

首先是语言之间的对抗。浮躁的城市生活让语言本身也失去了根。每个人都在说自己的话,同样的词语在不同的使用者那里又出现了语义或者语用的严重不对称。你提到的那两段对话就是这种新型城市病的实例。语言之间的对抗堵死了交流的通道。就像城市的路面会堵车一样,城市生活的深处也存在着严重的堵塞。这种堵塞让城市人的身心饱受不确定性的戏弄和折磨。它危及甚至颠覆了各种形式的"亲密"关系。

后来,你移居到加拿大蒙特利尔。是什么吸引你在那座城市定居?走过那么多城市,你认为城市是一种怎样的人类景观?国内的城市又存在哪些让你失望或不安的问题?

不久前,在接受《南方人物周刊》的采访时,我说过自己出国是为了逃避陈词滥调。是的,对美感和诗意的向往是推动我生命的动力。至于为什么是蒙特利尔,一句话很难说清楚。我的长篇小说《白求恩的孩子们》中的叙述者因为很奇特的理由选择了在蒙特利尔定居。我自己的理由也许会更加奇特。蒙特利尔是世界上最大的双语城市。这肯定是我的理由之一,因为我是迷恋语言的人。英法两种语言将不同民族的人从世界各地带到了这里。他们带来了各种各样的经历。他们带来了世界的历史。他们也带来了他们自己的语言。我喜欢听不同的声音,不同的故事。如果一座城市里所有的人都在数奥运会的金牌,都在谈论证交所的指数,都在做充斥着名牌的成功梦……那就会令我非常不安。

回到城市文学的问题上来。在《"村姑"》中,男女主人公因为一位作家相识,那个作家是保罗·奥斯特。对保罗·奥斯特来说,纽约不仅是他生活的城市,更是他小说中真实的场景。纽约和他的创作,应该说是互为标签的。而喜欢他的女主人公却是一个对城市感到不安,喜欢呆在安静的乡下的"村姑"。这是一个奇妙的安排。保罗·奥斯特在纽约的写作为何会具有这样的吸引力?这算是你对国内文学界关于"城市文学"的探讨的回应么?

这可以说是一个奇妙的安排,但是与保罗·奥斯特小说的场景没有什么关系,与关于"城市"和"城市文学"的探讨更没有什么关系。"村姑"与那位中国画家的相遇带出来的主要是语言的问题,具体地说,是"翻译"的问题。这当然也是这个"全球化"时代的特殊问题和重大问题。我们现在都迷失在"翻译"之中。我们的文学和生活都迷失在"翻译"之中。"深圳人"系列小说中的大多数作品都在呈现这种似乎是无法救药的迷失。

就像保罗·奥斯特之于纽约、奥罕·帕慕克之于伊斯坦布尔,一座城市如果能诞生与之相匹配的作家,应该具有什么样的品格?

剧烈的历史伤痛,复杂的人员构成,丰富的文化融合等等都是让一座城市成为"文学之城"的重要因素。而我个人认为,城市中心区域里的墓地对文学的蓬发尤其重要。墓地是城市里最低矮的"居所",死人的居所。它是高楼大厦的反题,是现实的反题,是"城市化"的反题。点缀在城市中心的墓地凸显了生活的极限,它让城市带上怀旧的伤感。这伤感对文学家来说是必需的营养。

....

后记:

  这篇访谈发表于2013年8月7日《晨报周刊》。采访提纲由记者孙魁提供。

"先锋注定是孤独的"

你觉得什么是先锋?

文学上的先锋就是用作品颠覆既定的文学秩序和流行的审美趣味的写作者。从表面上看,他们是离经叛道的革命家,而事实上,他们是顽固不化的"原教旨主义者"。他们抗拒的是权威与大众之间的契约,是那种浮躁的"时代精神"。他们知道,人的困境(爱情、死亡、"生存还是毁灭"等等)是文学永恒的主题,而只有极具个性的审美方式才能够拨开"时代精神"的迷雾,将人的困境充分和机智地呈现出来。并不是所有的时代都一定能够孕育出自己的先锋,但是所有时代的先锋都具备共同的精神气质:因为他们都是陈词滥调的敌人。所有时代的陈词滥调都有两个表面上完全对立的来源:一是权威,一是大众。权威和大众是先锋永远都要警惕的"天敌"。先锋注定是孤独的。文学史上所有的先锋都与他所处的社会和时代"性格不合",最后他们的关系往往都以"破裂"告终。看看乔伊斯,看看贝克特,看看昆德拉……许多文学上的先锋人物最后都成了义无反顾的"流亡者"。

结合你的作品,讲讲你怎么表达你的先锋意识?

很多人都认为我的长篇小说《遗弃》是先锋的作品。而我认为我的另一部长篇小说《白求恩的孩子们》更符合刚才谈到的先锋观。这部作品由三十二封写给一个永垂不朽的死人(白求恩)的信件构成。它不仅在美学上具有更强的个性或者说更为精致,对文学的永恒主题(尤其是死亡、个人与历史的荒谬关系等等)也有更深的认识。它在形式和内容之间达成了先锋的默契。

你眼里的深圳文学,先锋不先锋?说明理由。

我在最近的一些访谈中都提到反对给文学加上除了语种之外的任何限定词。"英语文学"、"德语文学"是没有问题的,但是"城市文学"、"打工文学"、"深圳文学"就是不值得信任的学术概念了。深圳在我的写作道路上非常重要,但是我的文学就不会被人当成是"深圳文学"。甚至我的"深圳人"系列小说都不会被人当成"深圳文学"。先锋不先锋是关于个人文学品质的一种价值判断,它与地域没有什么关系。

....

后记:

　　这段关于"先锋"的同题访谈与另外两位受访者的回答一起发表于2013年10月23日《深圳特区报》,问题由记者钟润生提供。

"创作让我贪享精神的自由"

《首战告捷》这本短篇小说集中,不少作品的主人公都是革命者,但是又沉浸于非常个人化的体验。您如何看待个人命运与历史大变动之间的关系?

个人与历史的关系,或者个人在历史中的命运,一直是我的文学所关心的问题。我不喜欢新闻体的历史记录。我总是通过个人的命运去看待历史。在我的长篇小说《白求恩的孩子们》中,当所有人都热衷于去求证一场著名的历史惨剧到底有多少死者的时候,我的人物却说:"死一个人就足够了。"他说的那一个人就是他的妻子。他的妻子无辜地丧生于历史,这就足以改变他的生活和他对世界的看法了。文学作品不是历史的教科书,也不是现实的杂货铺,它是用个人命运浓缩和见证的人类历史。"战争"系列小说集《首战告捷》是我今年出版的第三部短篇小说集,其中每一篇作品的主题都可以说是个人与历史之间的矛盾。"革命"让这种矛盾变得戏剧化和白热化。这可能是我不断审视"革命"和"革命者"的原因。

您去年的六本书中包括《遗弃》重写本和在台湾出版的《白求恩的孩子们》这两部引人注目的长篇,但是今年您出版的都是短篇集,为什么会有这样的转变?

我写作的体裁其实是不分主次的。但是从今年年初开始,我在所有的访谈中都大谈短篇小说创作的重要性。我是针对中国作家一窝蜂地写长篇小说的时髦现象而说那些话的。我们有太多粗制滥造的长篇小说,我们很难看到精雕细琢的短篇小说。我曾经说,这是中国文坛的"不正之风"。我自己今年出版了三部短篇小说集。今年可以说是我的"短篇之年"。但是,我同时也有一部长篇小说在台湾的杂志上连载。它是我完成于1989年春节前夕,今年年初又重写而成的《一个影子的告别》。我认为任何一种写作的体裁和题材都不应该成为时髦。写作者应该根据自己的天赋去做力所能及和命中注定的事情,而不应该趋炎附势,随波逐流。我是长篇和短篇都写的人。不过,有人评价说我的长篇也是用写短篇的方式一丝不苟地写出来的。有趣的是,我的长篇和短篇作品的命运非常不同。我的三部长篇小说都有坎坷和传奇的经历。《遗弃》的经历大家都很熟悉了,它从一本只有十七个读者的怪书变成了去年深圳读书月评出的"年度十大好书",其经历在中国当代文学中实属罕见。而引起了极大关注的《白求恩的孩子们》目前只有台湾版。《一个影子的告别》今年终于出版了,但是,它也只能在台湾出版,而且它最初的

"完成"到最终的出版经历了长达二十四年的孤寂和波折。

您曾经引用过一句话,说"所有伟大的作品都是自传体"。《遗弃》某种程度上是您的自传吗?您大学毕业以后走了一段不同的路,"遗弃"了体制和工作。能谈一谈那段生活吗?您当时为什么会这么做?

也许可以说是青春期的自传。我在所有写作者都想加入"作协"的时候就没有考虑过加入"作协"。我在大多人都还迷恋体制的时候就在批判体制。关于那一段的生活可以参阅我的短文《我的"第一份工作"》。那时候,我已经意识到写作是我的命运,不管将为它付出什么代价,我都会心甘情愿,坦然面对。按照弗罗斯特的说法,写作是"较少人走的路",过去是,现在是,将来也是。我当时就意识到我必须在这条路上寂寞地走下去。《遗弃》中的不少细节的确来自我自己的生活。我用极端方式"遗弃"了国家分配给我的大型国企的"第一份工作"之后,曾经在一家没有被完全纳入政府编制的官僚机构工作。在那里的一些经历被我升华成了《遗弃》开始那一部分的内容。而《遗弃》主人公是一位狂热的写作者,他的一些作品也被我穿插在小说之中,这应该说是小说中"最自传"的部分,因为我就是那些作品的作者。

您是2002年出国的吗?为什么做这样的选择?

我在上世纪末就准备离开。不久前,在《南方人物周刊》的采访中,我说过选择出国主要是为了逃避陈词滥调。陈词滥调是语言腐化的征兆,是认知力平庸和批判力衰退的见证。陈词滥调是想象力的宿敌。而另外的一个原因当然是对中国城市化进程的不适应。中国城市的建设太快了,"拆迁"太狠了。现在,我在自己最熟悉的四座城市里都几乎找不到熟悉的地标了。现在中国城市的地标都是依照奥林匹克精神建造的,与时间和地气没有什么关系。小时候,我曾经在位于长沙市北正街旁著名的周南中学的校园里生活过七年。那是杨开慧、蔡畅、丁玲等人的母校。我每天都要在北正街上往返。我曾经说那三百米长的一段街道就足够一个写作者写一辈子的了。但是,现在我路过长沙,想再去寻找那灵感之源的时候,却什么都看不到了。还记得《茶馆》里秦二爷最后的那句台词吗?"拆了,拆了,全拆了……"那关于旧社会的台词仍然适用于改革开放的中国。中国今天的城市化进程有点太快了。为了保住记忆的温度,为了缓解对历史的野蛮拆毁引发的伤痛,我选择了离开。

您曾经两次离开体制,您对体制怎么看?对于自由呢?

体制是人为自己编织的巨大罗网之一。卡夫卡早就看到了这一点。这种洞察力就是他的文学的伟大之处。我对与体制相关的一切都非常怀疑和警惕,包括荣誉和陈词滥调。写作者应该保持独立的精神和自由的意志。

对于文学,您最看重的是什么?您为什么会选择创作?

在我看来,写作是一种认知。我看重文学的洞察力。创作让我理解生活,也让我感受和贪享精神的自由。

您的作品似乎都致力于思考,而不是讲故事,对吗?

讲故事是很多人都具备的才能。我那九十六岁高龄仍能背诵《长恨歌》等古代诗篇的外婆就很会讲故事。但是,她不是作家。她的故事不是文学作品。文学作品要帮助读者认识生活的秘密,要具备高雅的智性。

您曾经说您深受存在主义的影响。您对哲学的兴趣始于什么时候?

我对哲学的兴趣始于初中阶段,也就是十三四岁的时候。那时候我对爱因斯坦和与他对立的那些量子理论物理学家的思想发生了浓厚的兴趣。而哲学在他们的研究和争论中扮演了重要的角色。我最开始读的是康德和黑格尔等人的著作。后来,改革开放的时代为存在主义打开了大门。关注人的处境的存在主义哲学与文学有密切的关系。它将我的注意力引向了选择、自由和生与死等等的问题。在十六岁那年,我已经是《哲学译丛》等专业哲学杂志的订户。

您为什么总是在不断地重写自己的作品?请以具体作品为例。

我对汉语的感觉在我出国之后发生过两次很神秘的飞跃。一次是在2003年我创作《通往天堂的最后那一段路程》的时候,一次是在2008年我开始写作《与马可·波罗同行》的时候。新的语言感觉让我看不惯也看不起自己的那些旧作了。最近三年来,我一直在重写自己的作品。这种重写主要致力于语言上的通畅和细节上的丰满。具体的例子可参阅我的短文《重写的革命》。

您的作品在出版上似乎一直运气不太好,不仅早期的《遗弃》,还有后来的《流动的房间》都是如此。都遇到过哪些困难?

在《"好文学"的"坏运气"》一文中,我谈到过自己的"坏运气"。《遗弃》的第一版是自费出版的,第二版的版税在开印前一天被出版社取消。《遗弃》因此应该成了中国当代文学中最没有经济效益的"名作"。《流动的房间》的旧版本也是没有任何经济效益的。这其实都不能算什么。我还有更好的文学和更坏的运气呢,比如长篇小说《白求恩的孩子们》和《一个影子的告别》。我真的希望国内的读者有一天能够读到它们的简体字版。

您现在日常的生活是什么样的?

我现在的日常生活非常简单,白天写作和阅读,傍晚长跑(冬天改为清早在皇家山上的露天冰场溜冰),晚上听CBC(加拿大广播公司)丰富多彩的学术和访谈节目。在写作任务很重的时候,这种节奏当然会被打破。我已经有相当长一段时间没有看过电视了,我从1996年以后也不开车了,在五六公里范围之内的活动我都是徒步去完成。我也从来不用手机。我其实是一个不喜欢被人关注的人。作为一个"nobody"生活在异域的迷宫里对我应该是一种非常理想的状态。

您是从什么时候开始长跑的?为什么?最近在国内,还跑吗?跑哪一段?多长?

我的长跑可以追溯到在白云山下的广州外国语学院读书的时候,也就是上个世纪的九十年代。但是,当时还比较随意。到了2008年,《与马可·波罗同行》的写作将我的身心推到了极限状态,长跑开始变成我生活的必需品。2011年春夏之交,我曾经在北京创下连续二十一天在长安街上长跑十公里的纪录。后来几次路过,北京的天气都让我有点畏惧。不过一星期前,我还是遇到了一个空气质量"一级"的天气。那一天,我又在早上五点钟起来,从东四环内侧出发沿建国路和长安街一直跑到了南礼士路,大概有十二公里吧,用了不到一个小时的时间。

后记:

这篇访谈是2013年11月根据《看天下》记者沈佳音提供的采访提纲完成的,后来该杂志刊出的只是一篇参考访谈写成的评述。这篇访谈本身一直没有发表。

需要我们"精益求精"的事业
——一个中国作家在"第二故乡"接受的第一次专访

在国内,薛忆沩是这两年来不断给出版界和文学界带来惊喜的一个名字,他的作品和他的写作状态都成为读者和媒体关注的话题,人们称他为中国文学界"最迷人的异类"。而在加拿大,他却是一个"隐居者",一个大隐于市的"隐居者"。十二年来,他只在一本英语系学生的作品集中发表过两首英文小诗和一篇短文,也从没有接受过当地任何媒体的采访。最近,他的"战争"系列小说《首战告捷》在国内出版,他才走出象牙塔,接受了加拿大国际广播电台(RCI)的采访。他自称这是"一个中国作家在'第二故乡'接受的第一次专访"。

有人称去年是中国出版界的"薛忆沩年",你一共有六本新书出版,包括由上海三家出版社同时推出的长篇小说《遗弃》等五本以及在台湾出版的长篇小说《白求恩的孩子们》。今年,你的势头仍然很旺,从年初到现在已经出版了《流动的房间》(新版)、《出租车司机》("深圳人"系列)和《首战告捷》("战争"系列)等三部短篇小说集,并且有一部长篇小说(《一个影子的告别》)在台湾的杂志上连载。不过,加拿大的读者对你并不了解,他们会问,谁是薛忆沩?介绍一下自己吧。

我于1964年出生于湖南郴州,四个月后迁回长沙。我在那里度过了的六十年代的一大半时间和整个的七十年代(当然也就包括了整个的"十年浩劫")。我一直将长沙当成是自己的故乡,至今也乡音未改。1981年,我第一次离开故乡去北京上学。我最早受的是工科教育,本科毕业于北京航空学院计算机科学与工程系。后来我相继在湖南的研究所、大型国企、政府机关以及深圳的民营公司工作,每一段工作的时间都不太长。后来,我去广州求学。从广东外语外贸大学获得语言学博士学位之后回到深圳,在深圳大学任教六年。然后,我来到了加拿大,并且再一次回到校园,直到2010年夏天获得我的英美文学硕士学位。一位研究者称我的生活是不断的"逃离"。从上面的经历看的确是这样。但是,我从少年时代起就钟情于写作,并且矢志不渝。我是一个狂热又虔诚的写作者,对词语和句子的激情没有随身体内部荷尔蒙水平的下降而出现丝毫的减退。

在评论界写到关于你的作品的时候,非常重要的一点是说你的小说充满了哲学的追问,尤其充满了对于个体生命的思考。你从一开始就关注这些主题吗?

是的。我的写作从一开始就关注这些主题。二十四岁那年写出的《遗弃》就是很好的证明。这种倾向首先与个人的精神气质有关。我从小就对死亡极为敏感。在回忆"七十年代"的随笔《一个年代的副本》里,我标出了笼罩着自己成长过程的那些死亡的阴影;其次,它也与我们这一代人的特殊经历有关。在我们的求知欲最旺盛的时候,改革开放一声炮响,给我们送来了"存在主义"。我十六岁那年就订阅了《哲学译丛》等学术杂志。我至今仍保存着自己那时候读过的萨特的著名论文《存在主义是一种人道主义》。当时在页面空白处留下的大量批注标明了我随后的方向。对生与死的思考让个人的命运,尤其是个人与历史的冲突成为我的写作的起点和重点。

还有一个特点是"异乡写作"。2002年,你来到了加拿大的蒙特利尔。为什么选择蒙特利尔?异乡写作对你有什么影响?

台湾著名学者马森先生认为我选择蒙特利尔是因为白求恩,因为它是白求恩居住过八年的城市。这种说法有一定的道理。我相信我的选择在冥冥之中是一种与历史和精神生活相关的选择。我的写作从来没有受过功利的影响,而在加拿大这样的"异乡",写作更是可以保持高度的纯净。还有就是语言。"异乡"的生活让我经受了不同语言的冲撞,也让我远离了浮躁的陈词滥调。在2007年左右,我突然发现了汉语中那些从前被我错过的美。这种发现唤起了我对用母语写作不可思议的激情。

你刚才提到了白求恩,这个在中国家喻户晓的历史人物是你的名作《通往天堂的最后那一段路程》中"怀特大夫"的原型,后来更是长篇小说《白求恩的孩子们》的背景和基石,他是如何走进你的小说的?

他首先是走进了我的生命,或者说我们这一代在七十年代成长起来的个体的生命。我们都是"白求恩的孩子们"中的一员,深受他"毫不利己专门利人"精神的影响。这种精神正好与今天在中国流行的价值观相冲突,这是我们这一代人生活的悖论之一;另一方面,我在加拿大有机会接触到丰富的白求恩档案,尤其是白求恩自己的文字,对他性格的矛盾有了深切的认识。于是,白求恩从我记忆中的单面的人变成了我想象中的多面的人。走在蒙特利尔的街道上,我经常会情不自禁地"进入角色",用白求恩的方式与这座城市交流,或者用自己的方式与白求恩的阴魂交流。

有意思的是,这两部作品在国内有完全不同的命运。

是的。《通往天堂的最后那一段路程》发表非常顺利。发表之后又马上获得了很高的评价。在花城出版社2009年出版的"中篇小说金库"中,它与《阿Q正传》等十一种经典一起,作为金库的第一辑出版。今年5月,小说的重写版在《作家》杂志刊出之后,又激起了新的一轮热烈关注。它迅速被《小说月报》等选刊选载,并将被收入年度中国最佳中篇小说的选本。《白求恩的孩子们》获得的评价更高,这种评价不仅来自国内一批最优秀的学者、编辑和出版家,还来自美、英、法等国的一些中国文学研究者和翻译家。遗憾的是,三年过去了,这部作品仍然还只有台湾版。国内的读者要到香港或者台湾的书店里才能买到它。

还有一个关于你写作的话题常被提起,就是写作的艺术。评论家们在分析你的作品时经常会提到博尔赫斯、马尔克斯、卡尔维诺这样一些作家的名字。这些是对你影响最大的作家吗?你如何找到自己这种写作的感觉的?

还有乔伊斯。这些"作家的作家"对语言和结构的重视以及对写作的那种"原教旨主义"的激情深深地影响了我。我刚才说过我是"白求恩的孩子们"中的一员,我将写作当成艺术,对它怀着"极端的热忱",对它"极端的负责任"。我相信写作是需要我们"精益求精"的事业。

你刚才提到了你作品的"重写版"。我知道,你在过去的三年里重写了自己的大部分作品。为什么要重写?这个过程是怎样的?

是不同语言的冲撞导致了我对汉语的崭新感觉。在2007年前后,这种崭新感觉让我一下子就看到了自己的旧作(包括那些被评价很高的作品)中语言和叙述上的破绽。我无法容忍那些破绽,于是从2010年开始尝试重写。没有想到,这个过程持续了整整三年。这是一个充满痛苦又充满惊喜的过程。我的重写尊重原来的故事和情绪结构。它针对的是语言和细节。与旧作相比,重写版语言流畅、细节丰满。它们都赢得了阅读者热情的肯定。

《巴黎评论》上曾经有对刚刚获得诺贝尔文学奖的加拿大作家艾丽丝·门罗的专访,里面说"她的风格看似简单——但那是一种完美的简单,是需要花上好几年、反复打磨才能够掌握的"。节制是你的风格。你对"完美的简单"肯定也很有体会。

不是几年,是几十年,是一辈子。简练精准是写作的最高境界。说起来,它好像是每个写作者都可以达到的目标,通过多年的训练,通过"实践实践再实践"。但事实上,这种境界更像是一个奇迹,会让当事人和旁观者都有"成事在天"的感叹。

你曾经说到自己每天的状态,从早写到晚,除了坚持长跑,还有每天晚上收听我们加拿大广播公司(CBC)第一台的学术和文化节目。这样的生活状态对一个纯粹的写作者真是太理想了。你是怎么做到的?

我能够一直生活在这种理想的状态中,靠的是对文学的狂热和虔诚,或者说对文学的"愚忠"。这与当年"红卫兵"的精神状况有点相似。我曾经写过一篇题为"'好文学'的'坏运气'"的文章,回顾自己坑坑洼洼的文学道路。在文章的最后,我就提到了这种"红卫兵"精神。我是一个文学的"香客",写作对我就像是朝圣。

你的作品在国内文坛受到很多关注,你回国也越来越频繁。你会重新审视自己作品中的中国和现实的中国吗?总体感受如何?

我作品中的中国是我记忆中的中国,我关注的现实是历史中的现实。我只会写经过我的心智长时间咀嚼,并且已经彻底消化了的素材。回国的感受总是极为矛盾,一方面,我看到了祖国的活力,这让我兴奋;另一方面,我看到社会的浮躁,这让我沮丧。我自己的作品被越来越多的人接受和喜爱,这当然是令我感觉得意的状况;可是过快和过度的发展已经完全摧毁了我记忆中的家园,开始是整体的崩溃,接着是细节的消解,最后连最基本的痕迹都荡然无存了。我们记忆中的家园现在已经变成了一个面目全非的地方。这令我恐惧,这令我绝望。我怀念七十年代的长沙,八十年代的北京,九十年代的深圳……它们现在都成了记忆中的幻影。

评论界对你有一致的好评和期待。你自己对于被文学界,甚至国际文坛认可有什么样的预想?

我的作品的确得到了越来越多的学者和读者的认可。我当然渴望认可。在我看来,每一份认可都是奇迹。写作的魅力之一就是它能让写作者不断与这种奇迹相遇。不过,我从来没有关于认可的预想。十二年前在我准备离开的时候,深圳的媒体对我做过一次很长的采访,题目叫"面对卑微的生命"。我是一个卑微的写作者。我对自己的作品有很苛刻的要求,这可能就是我在创作力最旺盛的时候用三年时间去重写自己的旧作的原因。你可以称这是"自恋",也可以称这是"自虐"。总之,我更看重作品本身。写作者应该努力写出"好文学",而是否能够摆脱"坏运气"的纠缠并不是写作者自己能够控制的。

听薛忆沩缓缓讲述自己写作的想法和状态,忽然觉得他本身就是一种启发,带给人灵感,像一个传奇。而采访播出之后,加拿大听众中反馈和议论最多的反而是,为什么薛忆沩会被称为"异类"?是他隐居似的生活?还是他作品带来的感觉、他对写作的痴狂、对语言的精益求精,抑或他对生命谦逊和卑微的态度?有人认为是加拿大很大程度上为他提供了成为这种"异类"的可能性,因为在他的"第二故乡",这种状态其实就是一个写作者的常态。

··

后记:

这篇访谈是根据加拿大国际广播电台记者梁彦的采访提纲完成的。

对深圳"一见钟情"

你最早是什么时候、从什么渠道知道深圳这座城市的?

在大学快要毕业的时候,也就是1985年春天,我收到了父亲从家乡长沙寄来的信。他好像刚去过深圳,对那里的印象很好。他问我毕业后想不想到那里去工作。他好像有朋友能够帮上忙。当时我们完全没有选择的自由,工作单位由学校按照国家计划统一分配,去深圳工作对我是"非分之想"。但是,父亲的信第一次将深圳与我联系在了一起。

描述一下你第一次来到深圳的情景。这座城市给你留下的第一印象是什么?

第一次到深圳好像是1987年秋天,是从广州坐中巴进入这座城市的。中巴走到华侨城附近,潮湿的空气和热带的植物已经让我开始激动了。经过上海宾馆之后,城市的轮廓从细雨中浮现出来……可以说,我对她"一见钟情"。

在深圳,除了作家这个职业外,你还做过哪些职业?回过头来,请用小说家的语言,用一句话给这些职业做个定性。并说说你做这些职业经历的一两个有意思的故事。

我正式在深圳住下来已经是在1990年的年初。当时我刚刚在长沙完成了中篇小说《一九八九年十二月三十一日》,而长篇小说《遗弃》已经在一年前出版。这两部作品之间发生的历史事件再一次将我推到了情绪的低谷。到深圳生活是对我的文学道路起决定作用的"逃离"。我一开始虽然没有固定的职业,却有固定的居所,因为我父亲已经在深圳经商。但是那一年的年底,中篇小说《一九八九年十二月三十一日》在《花城》杂志和台湾《联合文学》杂志的同时发表却让我因福得祸:我的文学活动被迫中断了。我的生活完全失去了方向……一直到"南巡讲话"的出现。我的生活道路又一次与历史发生关系。反弹缓慢地开始了。我首先在父亲的公司里"混"了几个月。后来,我去广州读了三年的博士。1996年,我进入深圳大学任教。我在深圳的"存在"这时候才终于变得"合理"。也就是从这个时候开始,我开始创造"重返文坛"的奇迹。

在小说家看来,所有的固定职业都是压抑想象力的,都很平庸。不过,我将自己反叛成规的本性带到了自己的固定职业,尤其是我的教师生涯中。这应该多少有利于保护学生的创造性。在上世纪末和本世纪初的那六七年里,我是深圳大学文学院最受学生关注的两三位教师之一。我的许多"劣迹"都深深地印在了学生们的记忆中,比如他们还记得我从不设考试,期末的时候还让他们自己给自己评分;他们还记得我有时候不坐班车,而是从深圳大学走回位于黄贝岭附近的家(相当于半个马拉松的距离);他们还记得我在第一节写作课上将学校指定的教科书扔进了垃圾堆里……

来深圳之前,你个人成长和生活的城市是什么样子?人们是怎么"活着"的?还有你的家庭情况(譬如收入、居住环境、家庭成员)……

我是在长沙长大的。中学毕业后去北京上完大学又回到了长沙。在长沙生活的二十三年时间里,我分别在中学、工厂和政府机关的宿舍区居住。在工厂居住的那五年(1974年到1979年)对我的影响最大。每天看着上下班的人流,听着高音喇叭的广播,还有在公共澡堂洗澡,在大礼堂参加追悼会,在篮球场看露天电影等等……我对生活有最贴切的接触。我父亲是工厂的领导,但是我们与工人们住在一起,一家四口住很小的两居室:我和姐姐住在前面一间,父母住后面一间,进门处有一间小厨房,房间的总面积大约二十三四平米。而厕所则在楼梯间,由同层的四户人家共用。我父母的工资加起来有一百五十元。这在当时算比较高的收入。我记得在大学里面,我是全班四十多个学生中仅有的两个没有助学金的学生（来自人均收入低于三十元家庭的学生才能获得助学金）。大学毕业后,我有过两份"第一份工作",详情可参阅短文《我的"第一份工作"》。

来深圳之前,你的梦想是什么？刚来的时候,你觉得深圳能让你圆梦吗？你是怎么为梦想而奋斗的？后来,追逐的梦想是否发生了改变？

我的梦想从来都比较精神。我到深圳是出于对"自由",特别是表达和思想"自由"的向往。刚开始,我的确有到了"自由的天地"的感觉。我感觉到当时的深圳人说话比较放松,没有内地人那么多的顾虑。我当时很想找到一份报社的工作,比如在让人感觉很自由的《蛇口通讯报》工作,但是因为没有相关的学历和经验,没有成功。后来,因为《一九八九年十二月三十一日》的发表,我的生活道路完全乱了。

八九十年代,深圳这座城市里发生的什么事情给你留下的印象最深刻？

这座城市九十年代给我留下印象最深的事情是中国第一家"麦当劳"在东门老街上的出现。它让我看到了"后现代"的威力。我的"深圳人"系列小说里有一篇题为"文盲"的作品。作品中"文盲"的原型是一个连普通话都说不好的老妇人,但是我有一天听到她很清楚地发出了"麦当劳"这三个音,这让我大吃一惊。后来在洪湖公园旁边开张的中国第一家"沃尔玛"也给了我类似的震撼。当时,为开业做准备的"沃尔玛"团队就在我住的文华花园里的文华大厦上班。有一两个月的时间里,成群结队的美国人每天在我们的小区里出出进进。我从小就有很强的历史感。我意识到中国正在被西方带进消费的时代。这不仅标志着中国人生活方式的改变,还标志着中国人意识形态的转型。现在,"麦当劳"和"沃尔玛"已经取代"自由女神"像成了美国的象征。大众的时代出现了,消费的时代出现了。深圳的九十年代就是这种"出现"的见证。我的中篇小说《一九九九年十二月三十一日》也试图为那个时代留下见证。这篇后来发表于《收获》杂志的小说完成于 2000 年。它是至今为止我在深圳(也是在中国)完成的最后一篇作品。它是我在深圳大学的单身宿舍里完成的。

谈谈来这座城市后,对你影响最深的人。

现在任教于中山大学文学院的林岗教授是我在深圳大学文学院的同事。他对历史、学术和世俗生活的精辟见解给我带来了很多思想的乐趣,让我感觉非常亲近。他对我的创作也有很准确的看法,这是我的幸运。我们还经常一起徒步、长跑。我在

《我的长跑教练》一文中写到了这方面的一些情况。后来我们同时离开了深圳大学,这不约而同的离开好像是一种"默契"。另一个拉近了我与深圳距离的人是著名的文化记者王绍培。好奇心和洞察力让他从冰山的一角发现了我的"存在"。可以说,是他让深圳认识了我。在我离开之后,深圳的媒体也多次通过他将我从地球的另一侧带回深圳。这使我与深圳的联系没有因为离开而减弱,反而因为离开而增强。我相信,这种增强与我最近三年来创作力的"爆发"有一定的关系。

你生活在异国他乡,请用一句话描述当下对深圳的感受。

对我来说,深圳现在是一座只能用记忆去"看见"的城市。但是,这种超越时空的"看见"总是能够唤醒我内心深处的诗意,触动我最敏感的神经。这就是我为什么能够在地球的另一侧写下"深圳人"系列小说的原因。

深圳最让你喜欢和讨厌的一点是什么?

深圳最让我喜欢的是过年那两天街面上的清净,不知道现在是不是还有那种清净。那种清净让我感觉到远离"陈规陋习"的生活是多么地美好。而深圳(其实也包括其他的中国城市)最让我讨厌的是在城市的中心看不到墓地。死亡是生活的一部分。看不到墓地的城市是虚伪的,是恐怖的,是没有历史感的。

深圳与内地之间曾经有"边境",这曾经也是我喜欢它的地方。那时候每次从南头边检站过关进入深圳之后,我都会有一种愉快的感觉或者说幻觉,好像我进入了一个相对自由的世界。而深圳最让我讨厌的地方还有那里连区政府的建筑都有"巨无霸"的气势,非常浮夸。当然,中国其他大城市的情况好像也是这样。在这一点上,我们不知道什么时候才能够与国际接轨。

你期望再过三十年深圳是什么样子?

我希望三十年后我关于深圳的记忆还很完整,还充满了细节和激情。我希望三十年后,我在深圳的主要街道上不会迷路。

如果没有来到深圳这座城市,你会怎样?

我曾经告诉一位评论家,我的文学创作可以用四座城市来分期,"深圳"是其中承前启后的城市。没有来到深圳,"薛忆沩"这个专有名词的内涵会显得极为单调,极为平庸。中国文学界"最迷人的异类"大概就不会存在。我一直很好奇个人与历史的关系。走进深圳表面上只是一种个人的选择,但是它却成全了我的写作,让我与历史取得了神秘的联系。

后记:

在香港《文汇报》2014年3月1日刊出记者熊君慧对我的专访之后一个月,我又接受了她关于深圳的采访。采访提纲由她提供。这篇访谈没有发表。

从《遗弃》到《空巢》：一条奇特的文学道路

薛忆沩，几年前读到过你的"白求恩作品"，包括《白求恩的孩子们》和《通往天堂的最后那一段路程》，非常喜欢。你用自由的联想，丰富的内心描写，以及充满激情和思辨的文字，"重写"了我们所熟悉的白求恩大夫。后来又陆陆续续读了你的其他作品，感觉也都很好。在我的印象中，你已经有将近三十年的创作经历了。请大致梳理一下你的文学创作道路：分哪几个阶段，有哪些主要作品，创作上的主旨是什么？

回想起来，我走的是一条奇特的文学道路。首先我是一个"工科生"，本科毕业于北京航空学院计算机科学与工程系。其次我是一个"个体户"，从来没有参加过作家协会，四十八岁以前也几乎没有参加过任何与文学有关的集体活动。我走上文学道路并且矢志不渝，三十年过去了，仍然在文学道路上孤独又艰苦地前行，这要归功于勤奋、狂热和那一点点天赋。

我经常说我有两次文学生命。也就是说，我三十多年的文学创作道路可以分成两个主要阶段。第一个阶段从1981年到

1991年。1981年8月,我从长沙来到北京,开始了"我的大学"。我很快就对专业(计算机)失去了兴趣,越来越沉醉于文学创作。我首先尝试的是诗歌。大概在1984年初才开始尝试写小说。我开始的风格很魔幻,后来才慢慢变得现实起来。1985年夏天大学毕业之后我回到了长沙,但是,在当年的年底我又潜回北京,在母校的教室里完成了自传体的中篇小说《睡星》。这部作品几经波折,最后于1987年由《作家》杂志在第八期的头条刊出。尽管我现在不会将这部小说收在自己的作品集中,它的发表还是对我的文学道路产生了很大的影响。那可以看成是我进入中国文学版图的标志。

1988年的夏天,我在长沙顶着火炉的酷热以不可思议的速度完成了长篇小说《遗弃》。这部联结我两次文学生命的关键作品于1989年4月出版。那是具有象征意义的年份和月份,它让这部作品的命运一开始就带上了戏剧性,也让我个人的文学道路与历史发生了更深的联系。我是4月上旬出生的人,那一年的生日意味着我四分之一个世纪的生命已经过去。现在想来更有点不可思议的是,在那一年的春节前夕,我还完成了我的第二部长篇小说。同样的戏剧性对它的影响更加巨大,它的命运比《遗弃》更加坎坷。总之,二十四岁是我文学道路上的关键年纪,我在那个年纪写出了两部带有戏剧性命运的长篇小说。不知道这应该说是"不幸"还是"万幸"。

我的第一次文学生命结束于1991年春夏之交。原因与我的第二部中篇小说有关，我已经在很多访谈中谈到过这一点。那部题为《一九八九年十二月三十一日》的作品于1990年的12月同时在《花城》杂志和台湾《联合文学》杂志刊出。作品用现代派的手法扑朔迷离地呈现现实中的难题，情绪压抑、低沉。现在，这部作品已经不会再让人大惊小怪了。但是当时，它引起的关注很快就超出了文学的范围。那是我至今为止的文学生命遭遇的最强打击。其实那一年，我得到了不少正能量的补充，比如我的一篇小说在台湾与《黄金时代》同时得到了《联合报》文学奖，又比如我的作品第一次进入了众目睽睽的《收获》杂志……但是，负能量迅速压倒了正能量，我的第一次文学生命随之结束。那当然应该算是夭折。

我的第二次文学生命开始于1997年前后。它有两个重要的标志，一是我的作品在当时备受知识界关注的《天涯》杂志上的发表；一是《遗弃》在沉寂多年之后被中国知识精英们的发现。在《天涯》杂志上发表的《首战告捷》、《历史中的转折点》和《出租车司机》等引起了读者热烈的反应。尤其是《出租车司机》，它在《天涯》杂志刊出之后，迅速被从《新华文摘》到《读者》在内的几乎所有选刊选载，创下了我写作生涯中的第一个高潮。而《遗弃》从一本八年里只有"十七个读者"的小说变成了全国许多文化人谈论的热点。它的新版在五个星期内就销售一空。

接着，这第二次文学生命迅速成长。我的新作不仅相继在国内一些主要文学期刊（包括《收获》和《花城》等）上出现，也频繁出现在台湾《联合报》副刊及香港《纯文学》杂志上。2001年,"薛忆沩小说专辑"出现在北岛主编的《今天》杂志冬季号上。对于在八十年代成长起来的文学青年,这是一种怎样的"回报"啊。

你就是在这时候移居加拿大的。你的第二次文学生命没有因为你离开母语的环境而结束,反而迎来了一个接一个的高潮。能谈谈这方面的情况吗?

要感谢白求恩大夫,是他延续了我的第二次文学生命。我是2002年初离开的。对于一个用母语写作的人,这种离开总是具有双重的不确定性,而且精神方面的不确定性远远超过物质方面的不确定性。但是,因为在魁北克"国立"图书馆的医学类图书中发现的那本白求恩档案,我很快就走出了这种不确定的状况。档案呈现的白求恩与我多年的想象一拍即合:那是一个多么孤独、多么痛苦、又多么执着的灵魂啊。它又一次激起了我的创作狂热。2003年4月,《通往天堂的最后那一段路程》出现在我的文学道路上。

这部作品于2004年5月在《书城》杂志上发表,并且立刻受到了许多学者和读者的赞扬,被收入多种选刊。2009年,它又被收入由林贤治主编的《中篇小说金库》第一辑,与《阿Q正传》等十一种名著并列。这不仅是一种"殊荣",还为我带来了一点实惠:我第一次因为出书而获得"经济效益"。我已经四十五岁了,才第一次因为出书而获得"经济效益"。而在这之前,《遗弃》的初版是负债出版,《遗弃》再版和第一部小说集《流动的房间》的出版也没有带来任何收入。这些清贫的经历是我的财富。我至今保持着质朴的文学价值观,决不会用金钱去衡量自己和别人的写作。

2008年,我受邀为《南方周末》和《随笔》杂志写作读书专栏。那为我提供了尝试写作随笔的机会。与此同时,我开始写下自己关于卡尔维诺《看不见的城市》的感觉(或者说幻觉?)。这些不同的写作让我对汉语有了更深的认识。这是一种代价昂贵的认识。它让我对自己的旧作,或者说对自己的"成功"产生了很深的怀疑。2010年初,我获得机会到香港城市大学做访问学者。那长达五个月的休整对我的文学道路产生了很大的影响。首先,通过写作关于七十年代的随笔《一个年代的副本》,我对随笔的写作更有兴趣和信心。同时,我开始尝试重写自己的旧作,不仅有那些不成功的旧作,还包括那些成功的旧作,包括在一些评论家看来是"不能增减"的《出租车司机》。"重写"成为了我随后三年文学道路上的关键词。

从香港回到加拿大之后,我首先完成了一门专攻《尤利西斯》的课程,那是我英美文学硕士学位阶段的最后一门课程。然后,我开始用汉语"重写"原来用英文写成的《白求恩的孩子们》。"亲爱的白求恩大夫"再一次拓宽了我的文学道路。那部由三十二封写给白求恩的长信构成的长篇小说让我有机会将中国过去四十年的历史放进一个奇特的美学框架之中。它是我在《遗弃》之后最重要的文学努力。

接着,我开始大规模地修改和重写从前的作品,为2012年的"爆发"做准备。2012年被媒体称为是"薛忆沩年",我一共出版了六部作品,包括由上海三家出版社同时推出的随笔集《文学的祖国》《一个年代的副本》《与马可·波罗同行》、微型作品集《不肯离去的海豚》以及长篇小说《遗弃》的重写本和在台湾出版的《白求恩的孩子们》。这时候,我奇特的文学道路开始引起了广泛的注意。

2013年是我的"短篇之年",文学道路上高潮再现。我不仅在各大期刊上发表了一批短篇新作和重写的作品(包括重写的《通往天堂的最后那一段路程》),还出版了《流动的房间》(新版)、"深圳人"系列小说集《出租车司机》和"战争"系列小说集《首战告捷》等三部短篇小说集。而这一年对我的文学道路更有意义的一件事是,我重写了二十四年前完成却一直不能出版的第二部长篇小说,并且得以在台湾的《新地》杂志上连载。

薛忆沩,你写的白求恩,有各方面的缺点,但是人格上的高大之处却仍然非常突出。用比较通俗的说法,你的作品让读者看到的是具有一定精神高度的"大写的人"。这在同时代的作品里是不多见的。在当下的语境里,如何能做到赋予主人公精神高度,又避免过于理想化?

从根本上说,文学是"关于"精神也是"为了"精神的。不能触及灵魂的作品不是文学,而只是文字的排列,甚至是文字的堆积。所有经得起时间考验的文学都能将阅读的注意力引向内心的深处,都具有一定的精神高度。洞察和发现个人内心生活的奥秘是文学的终极使命。在我们这个喧嚣的时代,因为信息的泛滥和物质的膨胀,生活变得非常浮躁和浅薄,精神好像已经失去了原有的高度……事实上,我们不应该片面地理解"高度"这个词。我们也许将它换成"深度"更为稳妥。精神的深度是可以从很多角度去体会的,比如痛苦就是一个很好的角度,还有厌倦、孤独等等。最繁荣、最和谐的时代,人也不可能没有精神的痛苦,也不可能消除厌倦和孤独。要避免理想化就要透过时代的浮华,抓住内心中最本质的"颤栗"。记得《尤利西斯》最后的那一段长达四十五页的"意识流"吗?那表面上是一个女人的情爱史或者说"性史",但是它具有的精神的深度会让读者对女性的生命产生强烈的同情。

《遗弃》关注的就是精神的痛苦。你能再谈谈这部作品吗?

一部曾经只有"十七个读者"的作品出版四分之一个世纪之后成为"年度十大好书",这当然是文学和出版界的传奇。一位记者曾经感叹说:《遗弃》这部"旧作"是不会过时的"新闻"。之所以不会过时,大概就因为它关注的是"精神的痛苦"。很多人都说，《遗弃》是一部自传体的作品。但是，在深圳书城的一次活动上，一位年轻的女士走过来请我为《遗弃》签名，她告诉我那本书与她的联系：她说书中的主人公就是她已经自杀的弟弟。刘再复先生称《遗弃》是等待共鸣的"奇观"。其实，它已经在读者尤其是年轻读者中产生了很大的共鸣。《遗弃》的初版是1988年写成的，那个时代的年轻人面对的世界与现在的年轻人面对的世界可以说完全不同，而对精神痛苦的关注却让它在四分之一个世纪之后又被当成是新一代人的自传，仍然具有现实感和可读性。何怀宏先生将它与《黄金时代》和《务虚笔记》并列，称它是中国的三部哲理小说之一，显然也是在肯定它对精神世界的关注。写作《遗弃》的时候，我二十四岁，完成《遗弃》重写版的时候，我将近四十八岁。有人玩笑着问我是不是会在七十二岁的时候再重写一次这部已经极富传奇色彩的作品。如果那时候我对精神的痛苦仍然有强烈的感受，说不定呢？！

你的写作语言基调偏于热情，理性的热情。这是不是与你长期在国外生活有关？还是你的性格本身就比较积极进取？你的语言风格是如何形成的？受到过哪些影响？

我的美国文学教授在评论短篇小说《老兵》的英译时，说我的语言具有数学般的精准又充满浓密的诗意。这也是国内许多评论家对我写作的看法。"理性的热情"说的应该是同一个意思。我的语言深受我的数学训练的影响,也深受我学习过的西方语言(尤其是莎士比亚和乔伊斯的英语)的影响。当然,还有同行的激励。在古往今来的写作者中,有不少将文学就当成是数学的大师,比如司汤达,比如卡尔维诺,比如我们这个时代最杰出的文学评论家乔治·斯坦纳。他们的作品和见解都充满了"理性的热情"。我个人的性格有点矛盾,一方面我是彻底的悲观主义者,另一方面我又积极上进,一刻都不愿意松懈。也许这种矛盾正好就为"理性的热情"奠定了生理基础?

作为当今域外写作的重要一员,你在题材选择上有什么独到之处?域外写作,带给你的利与弊分别又是什么?

我在题材选择上的"独到之处"其实就是我本身的"独到之处",与地理位置和社会存在没有太大的关联。我在国内的写作与我在域外的写作之间也并没有断裂。但是,我在进步,不断进步,尤其是在语言的掌控方面。离开了母语的大环境,我反而对母语有了更好的感觉和更深的感情,这是认知上的奇迹。对于一个依赖母语写作的人,这是最大的幸运。除了新鲜的空气、简朴的生活、丰富的见识等"大利"之外,在没有人知道我是谁的地方,我还能更深地体会生命的孤独和卑微,这是更大的"利"……域外写作,有百利而无一弊。没有十二年前的离开,我不会有今天的存在。

2012年是你"爆发"的一年,一共有六部作品出版。2013年,你继续保持很好的势头,出版了三部著名的短篇小说集。今年又会怎么样呢?

我原来以为今年会轮空。没有想到,去年圣诞节那天,在从北京回来的飞机上,灵感突然喷发,一部长篇小说的轮廓浮出脑海。在随后的九个星期里,我夜以继日地写作,完成了长篇小说《空巢》。而稍歇一段时间之后,我又将最近这些年写过的一些关于诺贝尔文学奖获得者的随笔整理出来。这部题为"献给孤独的挽歌"的随笔集将是我今年要出版的第二本书。

能再介绍一下马上就要上市的新长篇吗?

《空巢》是我的第四部长篇小说,它的顺利出版无疑是我文学道路上的一件大事,因为我的前三部长篇小说中,只有《遗弃》是在国内出版的,《白求恩的孩子们》和《一个影子的告别》现在都还没有国内的版本。《空巢》触及中国社会和中国人日常生活中的许多"不安定"因素。它的叙述者和主人公是一位遭受电信诈骗的女性空巢老人。小说将老人扭曲的"一天"与她异化的"一生"联系起来,用荒诞的历史来观照魔幻的现实,进而叩问爱情、死亡以及生命的意义等终极问题。这是一部同时具备古典体格、浪漫气质和现代视野的作品。有人说我总是用写短篇小说的精心来写长篇小说,《空巢》的创作过程再一次证实了这一点。

在我接触的作家中,你肯定是最勤奋的一位。你好像所有的时间都在为写作殚精竭虑。是什么吸引你如此孜孜不倦,如此追求质量和产量,以至于有点像一位文学苦行僧?

是语言的美和神秘在吸引着我。在具备无限可能性的语言面前,我有强烈的卑微感。我总是觉得自己写得还不够好,也总是在要求自己写得更加好。这种卑微感也是我不断重写自己作品的重要原因。这种卑微感也让我养成了不断考问自己写作状况的习惯。在每一部作品写完之后,我都会有同样的一些问题:通过这次写作,我的写作是不是又有进步?我对世界是不是又有了新的认识?我在语言中是不是又有了更多的发现?在我看来,勤奋是一个写作者最基本的职业道德。套用一句雷锋日记,我生活的意义就是将"有限的生命投入到无限的写作之中去"。

你有日常生活吗?在加拿大有没有朋友圈?除了著名的长跑,还有哪些业余爱好?

如果一定要将日常生活与精神生活对立起来,我就可以说没有日常生活。但是,所有的生活不都是日常生活吗?尽管我不用手机、不开汽车、也不看电视……尽管我的生活与"正常人"的生活有很多的不同,太多的不同……我的生活还是非常丰富。我生活在不同的语言里,我生活在不同的身份里,我离大自然那么近,离孤独那么近,我有那么多的得到和失去,我有那么强的求知欲,我总是觉得时间不够用……我喜欢与各种各样的人交谈,喜欢听各种各样的故事,我在加拿大的这些年结识过一些有意思的朋友,他们中有著名的电影人、著名的作家,也有普通的教师和职员……他们中的几位被我写进了《异域的迷宫里》。除了长跑,我还做其他的运动,比如游泳和打乒乓球。我还有其他一些业余爱好。我阅读的兴趣仍然极为强烈,就像我十岁的时候一样。我对知识仍然充满了敬意和好奇,总是想从新的领域里获得精神的满足。

后记:

这是与《空巢》相关的第一次访谈,发表于 2014 年 7 月 22 日的《北京青年报》,采访提纲由记者刘春提供。

现实与历史的"空巢"

"电信诈骗"已经殃及并且还在继续殃及无数的中国家庭。薛忆沩的长篇小说《空巢》以这现代的人祸为线索,通过一位"空巢老人"受骗的一天透视整整一代人扭曲的一生,用精准又诗意的语言呈现魔幻的现实与荒诞的历史,进而叩问个体生命和个人生活的意义。下面的对话就围绕着这部直面现实又充满哲理的新作展开。

薛忆沩,你的长篇小说《空巢》七月底正式出版。在我的印象中,这应该是你的第四部长篇小说吧。

我的文学道路比较曲折,差不多每一部虚构作品的背后都纠缠着一些非虚构的"故事"。长篇小说背后的"故事"尤为离奇。比如,我的《白求恩的孩子们》尽管已经有不少的书评在国内媒体上发表,却还只是一本"台版书",还没有机会在国内出版。《一个影子的告别》也没有国内的版本。如果以国内的出版为标准,《空巢》就只能算是我的第二部长篇小说。当然,如果要算上《遗弃》的不同版本,结果又不一样。具有传奇色彩的《遗弃》在过去的四分之一个世纪里一共出版过三次:1989年的第一版(湖南文艺出版社)、1999年的修订版(广东人民出版社)以及2012年的重写版(上海文艺出版社)。不过我自己将这三个版本的《遗弃》看成是同一本书。所以,《空巢》应该被当成是我的第四部长篇小说。

《空巢》的第一人称叙述者是一位女性的"空巢老人",而小说的主线是一宗"电信诈骗"案。"电信诈骗"、"空巢老人"……这些世俗的热点怎么会引起你的关注?怎么会激发你的创作灵感?作为一位极为在意"审美距离"的作家,你为什么突然会写一部如此"贴近现实"的作品?

首先我想说,《空巢》虽然贴近现实,它对审美距离的要求和把握仍然非常严格。事实上,正是因为找到了最精准的审美距离,这部作品才得以成为我个人文学档案里的成果。其次我想说,我的写作从来都是"贴近现实"的。当然,我关心的不是浅表的外部的现实,而是个体生命的现实、内在的现实。《空巢》的关注点仍然是这种内在的现实。

回到你的问题,我要承认这部作品的灵感来源于生活:2010年9月15日下午,我独居在深圳的母亲突然从"公安机关"打来的电话里得知自己已经"卷入了犯罪集团的活动",生命和财产安全都受到了威胁。在巨大的恐慌之中,她听从"警官"的安排,将存款(包括她为我代收的全部稿费)集中起来,转移到了"公安机关"的安全账号上……

母亲是一位有三十多年教龄的退休中学教师。在得知自己成为"电信诈骗"的受害者之后,她陷入了一生中最深的幻灭。她懊悔莫及。她羞愧难当。她的心理和身体状况出现了明显的变化。在过去三年多的时间里,我一方面反复调用自己的理智和情感,努力将她带离那灾难的阴影,同时我也在仔细观察她的种种变化,并且试图找到灾难的原因。说实话,我从来没有要将这一段亲身经历提炼为文学作品的想法。灵感的出现的确非常突然,它出现在去年圣诞节那天从北京飞往多伦多的加航班机上。我刚坐下,第一人称叙述者的声音突然就占据了我的思路。在飞行的前三个小时里,叙述的线头不断坠落在我眼前的笔记本上……

《空巢》中有两条并列的主线,除了现实的主线之后,还有一条历史的主线,它一直伸延到了叙述者生命的源头。这后一条主线就是你寻找"原因"的方向吗?

在罗素的自传里有一个这样的细节：罗素二十世纪二十年代在中国访问的时候，赵元任一路上担任他的翻译。在一次闲聊中，大名鼎鼎的哲学家与当时还只是一个青年教师的赵元任谈起了他正在写作的政论。罗素说出那篇政论的题目后，赵元任做出了迅速的回应。那睿智的回应给极富英式幽默的罗素留下了深刻的印象，他将它当成是中国人颇具幽默感的例证。罗素政论的题目是"当前混乱的根源"。而赵元任回应说："当前混乱的根源就是从前的混乱。"

赵元任的幽默值得严肃地对待。现实必须与历史联在一起来思考。当前的受骗很可能就根源于从前的受骗……现实的灾难很可能就是历史悲剧的重复。

不过，启发我将历史的空巢纳入小说结构中来的并不是赵元任的幽默，而是我母亲在接到诈骗电话之后的反应。她突然想起了许多的往事，想起了自己一生的光荣和遗憾。这是我一生中第二次面对如此冲动的回忆。第一次发生在我十岁的时候。当时，一位从哈尔滨来的亲戚在我家里生了重病，她以为自己不久于人世了。一天下午，她突然开始冲动地回忆起自己的过去。当时，我独自坐在她的病床边。那激情的场面让我马上就懂得了回忆与死亡和幻灭之间的关系……当时，我只有十岁。

现实和历史两条主线的交叉对比是《空巢》最显著的结构特征。从这种结构看，这部作品既可以说是一位空巢老人"一生中的一天"的故事,也可以说是她"一天中的一生"的故事。这种"一天"与"一生"的结合具有很强的震撼力。

我一直相信,每个人的一生中都有一天是最重要的,是与他或者她的一生有最大关联的。这大概就是像《尤利西斯》和《芬尼根守灵》那样写一个白天和一个夜晚的作品得以成立的人类学根据。而《空巢》也是一部野心勃勃的作品,它写了完整的"一天"和完整的"一生"。所有空巢老人在受骗之后可能的本能反应为我探索"一天"与"一生"的神秘关联提供了机会。我将这部作品献给"所有像我母亲那样遭受过电信诈骗的空巢老人",因为"那一天的羞辱摧毁了他们一生的虚荣"。

我在《空巢》中发现了你写作风格上的一些转变。比如,你开始重视"身体"和"感觉",而在你以前的作品里,"理念"的位置更为重要。《空巢》的世界是"感觉"的世界。在最后一章的最后,这种"感觉"更是充分地释放了出来,你如何看待这种转变?

我觉得这种转变要从两个方面来看:一方面,它是这部作品本身的要求。作品第一人称的叙述者是一位将近八十岁的空巢老人。在这种状态下,"身体"自然会上升为主要矛盾。而受骗一类的极端体验又会让本来已经退化的"感觉"敏锐起来;另一方面,这种转变标志着我写作技艺上的长进。事实上,从《白求恩的孩子们》开始,这种转变就已经非常明显。《遗弃》的重写版与前两版的不同也是这种转变的例证。除了叙述语言本身的长进之外,《遗弃》的重写版比前两版更有"感觉"。

我一直觉得你的大部分作品都有自传性的特点。不管你的人物生活在什么年代,我觉得他们都与你自己有精神和气质上的相似。甚至在《通往天堂的最后那一段路程》中的"怀特大夫"的身上,我都可以看见你自己的影子。你如何看待文学作品的"自传性"?

所有的文学作品都是自传性的。将"别人变成自己"或者将"自己变为别人"是写作的基本功能。这是一个很大的题目,不能在这里展开。在《空巢》的写作过程中,我始终都附着在生活的本质上,始终都在倾听身体的反应……在写到痛的时候,我真的能够感觉到痛,这可能就是它的"自传性"。小说中无数的细节也都来源于生活,比如在第一章里,"我"与出租车司机的对话就基本上是我在北京的出租车上与那位懊悔莫及的司机的对话。当时,出租车正行驶在西长安街上,出租车司机为"认识"父亲太晚了而懊悔莫及。他的感叹深深地打动了我。

《空巢》里有许多的奥秘,但是我最感兴趣的还是你的第一人称的叙述者。你的一些短篇小说(如《文盲》和《与狂风一起旅行》)中已经出现过第一人称的女性叙述者。而《空巢》是一部长篇小说,"第一人称"的视角已经有一定的难度,"第一人称的女性"视角对于一位男性作家当然就是更加严峻的考验。谈谈你为什么要选择这样的视角。

应该说不是我选择了这样的视角,而是这视角选择了我。在从北京飞往多伦多的加航班机上,当灵感突然爆发的时候,我顷刻之间就变成了作品中的"我"。在随后的六十四天里,我也一直就生活在"我"的恐慌、疑惑和懊悔之中。最后,当"我"母亲的幽灵对她说"你过来,孩子……我带你走"的时候,我也像她一样感觉到了真正的解放。这完全不是我自己的选择。

其实很多年以来,我都一直想用第一人称写我们家族里的女性,比如我的外婆。她有优越的出生、惊人的天资以及强烈的求知欲,却是"封建"和"革命"的双重受害者,一生中的大部分时间生活在社会的最底层。但是,这位不堪一击的女性却没有被任何力量击垮,她现在已经九十七岁了,仍然在玩魔方和做数独,仍然在读沈从文,仍然能一字不漏地背诵《长恨歌》等古典诗文……她向我显示了精神的不可摧毁性。我一直都想用第一人称写她的故事,没想到,灵感却会从另一个方向喷发出来。

的确,写女性人物是对男性作家的最大考验。也许正因为如此,文学史上最令人难忘的女性人物都出自男性作家的笔下。直接用第一人称女性视角写作的固然不多,但是,福楼拜说过:

"包法利夫人就是我。"而我相信,托尔斯泰与"安娜·卡列琳娜"也有一定的交集。

有人说你的长篇小说都是用写短篇小说的方法写成的。《空巢》的语言和结构也很精致。它也是用写短篇小说的方法写成的吗?

节制和精致是我信奉的美学原则。这种信念与我从小受到的数学训练有很大的关系。我当然也将这些原则用在了《空巢》的创作过程中。《空巢》整体的结构是随着灵感一起突然出现的,不需要再做额外的设计,这是我的幸运。在随后的写作过程中,我重点要把关的是语言。在修改清样的时候,我大声读出了每一个句子。这是我对待短篇小说的做法。我相信文学作品不仅要赏心悦目,还要能够愉悦听觉。我的短篇小说都经受过朗读的终审。

后记:
这篇访谈的节本发表于 2014 年 7 月 31 日的《北京日报》。

社会事件如何升华为小说艺术？

中国读者对小说家有一种普遍的不信任,因为今天中国社会的复杂性,大家觉得小说家根本就不可能写好今天的现实。现实成了羞辱文学才能的咒语。许多成名作家都遭受它的诅咒。但是,你的《空巢》打破了这"现实"的咒语。翻开这部作品,我马上想到的问题是,在以往的作品中,你总是把具体的现实及经验藏得很深,这一次你为什么会如此"贴近现实",写这么难写的题材?

不是我贴近了现实,而是现实贴近了我。北京时间2010年9月15日下午,我在给母亲的电话里得知她遭人诬陷,"卷入了犯罪集团的活动"。公安机关正在对这一事件进行调查,同时,他们也对我母亲实施了特殊的保护。母亲是从一个网络电话里得知这一切的。她极为气愤,也极度恐慌,同时她对公安机关也充满了感激。最后,母亲将自己能够集中起来的存款集中起来,转入了与她通话的警官提供的账号上……关于这一事件的更多细节可参见我刚刚在《文汇报》发表的《〈空巢〉中的母亲》一文。

三年来,我在小心地将母亲带离那曾经令她痛不欲生的"一天"的同时,也在思考她的"一生",或者说他们那一代人共同的人生。母亲遭受电信诈骗的特殊经历为我打开了一条进入她内心世界的特殊通道。在那里,我发现了现实中的"一天"与历史中的"一生"之间的许多联系。正是这种发现给了我"贴近现实"的勇气。如果说,《空巢》打破了你所说的"现实"的咒语,那是因为它在时间上伸向了历史、在空间上伸进了内心,或者说它通过迷宫一样的内心世界,发现了现实与历史之间的联系。

"空巢"这个题目定得非常好。纯粹从语言上看,"空巢"是一个虚实意味丰富的词:"空"是虚无,"巢"是存在,合起来就是虚无的存在。而你的作品不仅完整地保存了这富有震撼力的内涵,还通过现实与历史之间的对话,丰富了这个词的内涵,它会让读者从形而下的现世的罪恶看到形而上的生命的悲剧。毫无疑问,你的作品让"空巢"变成了穿透中国历史与现实的绝妙隐喻。你当时选定这个标题时有没有什么特别的想法?

其实"空巢"不是我选定的题目。我原来的题目是"空巢老人",因为小说的第一人称叙述者是一位将近八十岁的空巢老人。直到发稿的前夕,我才接受一位资深文学编辑的建议,从题目里抹去了"老人"两字。这个改动当然有文本上的依据。首先,小说虚构了"空巢"这个词在叙述者家族历史上的起源:它最早出现在一位颓废的左翼青年充满虚无主义色彩的《空巢歌》中;其次,在几乎所有出现空巢老人字样的地方,我一直都将引号加在空巢之上,而将老人留在引号之外。也就是说,我强调的一直就是"空巢",而不是老人。你说得很对,这部作品关注虚与实之间的关系。在这里,"空巢"已经远不再是一个社会学的概念,而是一个充满哲理的隐喻。就像那首《空巢歌》所唱的那样,"空巢"是时代本身,是世界本身。在一个骗局成灾的时代和世界里,所有人都是"空巢人"。

电信诈骗是现实生活中司空见惯的现象,受骗者大多都自认倒霉,甚至觉得报警是在自取其辱,个中的无可奈何可见一斑,而你能从这司空见惯的现象中提炼出虚荣的幻灭,这就是我在先前的一篇文章里说的"洞见"。还是回到"空巢"这个词上,在你的作品中,它并不是一个静态的居所,而是一个动态的过程,一个"越来越空"的过程,一个从信仰到幻灭的过程。这种过程彰显了《空巢》的悲剧性。我想知道,《空巢》最深的悲剧暗示究竟是什么?

你看得很准。用符号学的说法,在这部作品里,"空巢"不是一个符号,而是一个符号化的过程。我经常说写作者应该努力为自己写作的语言做出贡献。将一个词变成一个复杂的过程,也许就可以算是《空巢》的一种贡献吧。《空巢》呈现出了主人公

"越来越空"的生命过程。这个过程有心理和生理两股力量的牵引。小说结尾处,因为最后一个骗局被揭穿,主人公跌入了心理的最低点,而与之相应的那段悲壮的"大便失禁"又意味着她的身体已经被彻底掏空……《空巢》当然是一部悲剧,因为它最后的那个句子将叙述者推向了死亡。那个句子看起来十分平常,但是,它实际上是全部作品中最富震撼力的句子。这部悲剧最深的暗示也许就是人在冷酷的历史和现实之下的无能为力。

个人与历史的关系是我的写作反复探讨的主题。在《空巢》之前,我完成过三部长篇小说,包括在国内出过三个版本的《遗弃》,以及在国内没有出版过的《一个影子的告别》和《白求恩的孩子们》。个人与历史的关系已经是这三部作品共同关心的主题。而《空巢》具有更长的时间跨度,这种时间跨度为这个主题的重现和深化创造了更好的环境。

《空巢》在叙事和结构上也有许多的神来之笔,如真假顾警官的前后呼应,如现实与历史之间那些巧妙的结合方式。能不能谈谈《空巢》在叙事和结构层面的构想?

我曾经说,《空巢》具备"古典主义的体格",指的就是它的结构符合古典的美学要求。"对称性"是这部作品最突出的结构特征。你提到的真假顾警官的对称是一个例子。还有在现实中出现的疯子与在历史中消失的疯舅舅之间的对称,还有很多……

作品一共分长度大致相等的四章,每一章又分出长度大致相等的三大节,每一大节又都涵盖两个小时的时间跨度,而且又都按照中医对时间的理解对应着一种器官或者更准确地说,与那种器官相关的疾病。在每一章的中间那一节,叙述者的母亲都会复活。她的记忆与叙述者的记忆之间好像有一种竞争的关系……我已经在其他场合下提到这次创作的灵感是去年圣诞节那天突然出现的。当时我刚在从北京飞往多伦多的加航班机上坐下,突然,细节和句子像岩浆一样喷发,结构的轮廓也随之出现……现在想来,《空巢》真可以说是一部从天而降的作品。当然,结构的完善要归功于后来漫长又艰苦的写作过程中的精雕细琢。

你刚才提到了叙述者的母亲,她的确是关键性的叙事角色。她不仅是一个具体的"鬼魂",同时更是一个宏大的象征。这个象征将现实与历史牢固地结合起来。你能进一步解释一下这位母亲的"母亲"的意义吗?前面你也谈到了小说最后的那个句子,当叙述者向母亲的"鬼魂"表示她"想离开这个充满骗局的世界"的时候,"鬼魂"对她说:"你过来,孩子……我带你走。"这的确是一个很有震撼力的安排,你能否谈谈这一安排的初衷?

你说得对,"我"的母亲是关键性的叙事角色,是现实与历史最重要的接合点。母亲不仅是最早听到《空巢歌》的人,也是对

"空巢"的奥义具有最终解释权的人。在经历了最激烈的革命之后,她对"巢"已经完全看透,她对"空"已经彻底信服。就像哈姆莱特是通过父亲的鬼魂获知现实的奥秘一样,"我"也是通过母亲的鬼魂才看到了历史的荒谬、虚荣的荒谬、生活的荒谬。母亲的叙述、措词和语气对"我"都有深刻的影响。当母亲说出"做母亲是一种罪过"这样暴烈的句子时,既是女儿又是母亲的叙述者经受了剧烈的震荡。是的,作品的结尾值得展开谈。我的初衷其实是在"大便失禁"的那一段收尾。没有想到叙述的声音完全收不住。它一直延伸到了现在读者们看到的这最后的句子。写到这里,我流下了眼泪。我没有想到,一部关于老人的作品最后竟会以"孩子"这样的称呼来结束,而且它还暗示着那个将近八十岁的"孩子"已经下定了死的决心。

你的作品有很强的互文性,但是又没有后现代式的去逻各斯、随意及混乱,反倒是结构严谨、心思细密。在阅读《空巢》的过程中,我经常会想起《白求恩的孩子们》。我觉得你这两部创作时间相距最近的长篇小说之间有一定的关联。《空巢》中的"我"也可以说是"白求恩的孩子们"中的一员。因此从某种意义上说,《空巢》是"白求恩的孩子们"奇特命运的另一种展开。你同意这种比较吗?

这是一种很有意思的比较。《白求恩的孩子们》和《空巢》都试图在非理性的历史中去寻找历史的逻辑,都试图看清个人与历史的关系。在这一点上,它们的确有一定的关联。另外,"白求恩的孩子们"有两种含义:广义上,它包括所有接受过白求恩思想影响的人;狭义上,它特指在文化大革命中长大的那一代中国人。《空巢》中的"我"当然是广义的"白求恩的孩子们"中的一员。成为白求恩那样"高尚"和"纯粹"的人肯定也是她青春时代的理想。她对污点的恐惧与那种理想之间无疑有心理上的联系。

你的这种比较让我想到死人在这两部作品中的作用。《白求恩的孩子们》由叙述者写给白求恩的三十二封信构成,也就是说,它名义上是写给死人读的故事。而在《空巢》中,死者复活了,并且参与到了叙述之中,与生者展开了充满张力的对话。

在《空巢》进入尾声的时候,叙述者的梦中出现了一个巨大的舞台,上面站立着的都是遭受过电信诈骗的老人,他们突然喊出了"救救老人"的口号。中国的新文学是从"救救孩子"的呐喊开始的,现在我们又听到了"救救老人"的口号,这两者之间有何关联?

"救救孩子"的呐喊出现在中国的第一篇白话文小说中,那是1918年的激情,离现在已经将近一百年了。"救救老人"的口号并不是我对那百年前的孤独的刻意呼应。它是从那个场面里自然流露出来的声音。但是,我相信那些站在舞台上喊出口号的老人们肯定都想到了"救救孩子"的呐喊。狂人笔下"话中全是毒"的"吃人"的社会早就过去了,旧社会的孩子们已经变成了新时代的老人家,可是他们并没有幸免于社会之"毒",他们接起了"话中全是假"的电话,他们成了形形色色的欺骗和诈骗最脆弱的受害者。

你应该也注意到了这揪心的口号在小说的最后又重现了一次:高喊着口号的游行队伍从需要急救的"我"身边走过,完全没有意识到她的存在。这是我刻意安排的细节。这是具有讽刺意味的忽视。可以避免悲剧的最后一次机会就这样错过了,这既是中国的现实又是中国的历史。

你的作品中,"我"的分量很重,也就是说你的作品有很强的自传性。《空巢》的第一人称叙述者是一位将近八十岁的老妇人,甚至在如此特殊的"我"的身上也多少能够看到你自己的影子。这一强调"我"的潜意识写作习惯,会不会为写作设限?

作者与人物的关系非常复杂。在我看来,能够完全独立于作者的人物和能够完全独立于人物的作者都是不存在的。事实上,每一部作品都是由作者与人物构成的隐喻。很多年前,我不是很愿意承认自己写作的这种自传性,现在我非常乐于承认。这种转变与自己文学见识的增长有关。要知道,我在莎士比亚的作品里看到了太多的莎士比亚,我在乔伊斯的作品里看到了太多的乔伊斯。在写作《空巢》的过程中,我不仅将自己的许多亲身经历和感觉转嫁给了那位将近八十岁的老妇人(比如出租车司机关于父子关系的那一段对话就是我在北京的出租车上听到的),也真切地感到了她心理和身体上的许多正常和不正常的反应。

    我的短篇中已经多次出现女性的第一人称叙述者。这次能够用第一人称在一部长篇小说中展现一位女性的一生,对我是一种突破。激励我这样做的动力是我发现文学史上最有影响的女性人物都出自男性作家之手。性别不应该成为写作的障碍,就像一个感觉敏锐的"我"不可能成为写作的局限一样。批评家们早就意识到托尔斯泰在安娜·卡列尼娜的身上倾注了太多的他自己,而福楼拜更是大言不惭地承认:"包法利夫人就是我。"

....

后记:

    这篇访谈经重新编辑后发表于 2014 年 8 月 18 日的《南方都市报》。题目为编辑所加。采访提纲由胡传吉教授提供。

关于我们的父母,我们到底知道多少?

《空巢》取材于您母亲一段真实的受骗(电信诈骗)经历。您说您用三年多的时间完成了对母亲的心理分析,然后用六十四天的时间,以艺术的方式将您的分析成果定格成一部丰满的小说。对于您来说,这当中最有难度或者说最具挑战性的是什么?

最有难度的应该是对小说第一人称叙述者心理状况细微变化的把握和呈现。"虚构的作品"与"真实的生活"有什么区别?一位哲学家在回答这个问题时说,它们的区别就在于"虚构的作品"有意义。这是发人深省的回答。它的潜台词是"真实的生活"没有意义。是的,与现实不同,虚构必须合理、必须有意义。这是虚构最基本的特征。将一位空巢老人在遭受电信诈骗之后心理状况的细微变化"合理地"呈现出来的确具有很大的挑战性。

这部小说被认为是"将社会事件升华为小说艺术"的一个范例。当下很多中国作家同样对"现实"和讲述"中国故事"投入了空前的热情(有评论说,中国小说家集体患上了现实写作的焦虑症)。您怎么看这个背景以及现实与自己写作之间的关系?

最近一年来所有的采访者都会问到这个问题。去年在接受《南方人物周刊》的采访时,我相关的回答经常被人引用,现在请允许我自己也引用一次,它清楚地表达了我对这个问题的看法:"从来的写作者都面对着与现实的关系问题。写作的本质就是用语言和结构设置一个瓶颈或者一条河道,让纷杂的现实呈现出美学的形态。因此,一个写作者到底要知道多少,一部作品到底要让读者知道多少,这是需要写作者认真对待的问题。这不仅是一个写作上的技术问题,更是关乎写作的伦理问题。太多的信息很可能会导致想象力的迟钝和美感的衰竭。一个过于依赖车的人,开始是不愿意走路了,最后也许就不能走路了。一个过于依赖现实的写作者的写作生命当然也不是非常健康。同样,一部作品中堆砌了太多没有经过心智筛选的'真实'肯定会败坏读者味口的……小说不是堆放现实的仓库,而是展示生活奥秘的博物馆。博物馆的藏品需要具备特殊的价值。"

词典上对"空巢"一词的注释是"子女长大后从父母家中分离出去,只有老人独自生活的家庭"。虽然《空巢》围绕一位"空巢"老人的遭遇展开,但是并不局限于此,它还将"空巢"指向了这个时代,事实上也就是扩及到了这个时代所有的人。怎么理解小说中"空巢"的真正涵义?

词典上给出的只是一种社会学的注释。而在小说中,"空巢"是一个具有多层语义的隐喻。它指向心理、指向生理、指向历史、指向现实、指向夫妻之间的关系、指向父母与子女之间的关系……因为孩子的远离和背弃,"子宫"也就成了"空巢"的一个外延,而因为长期接受灌输和改造,"大脑"也就成了"空巢"的一个外延。事实上,正如小说中那首《空巢歌》所表达的,生活本身就是一个"空巢"。在一个充满骗局的世界上,所有人都是"空巢人"。

故事的时间跨度只有一天,但是在这位将近八十岁的空巢老人遭受电信诈骗而惶恐不安、备受折磨的一天里,却又穿插了她那曲折而荒诞的一生。在您看来,"一天"可视为"一生"的缩影,一段上当受骗的故事背后其实是掩藏着上当受骗的历史悲剧……

是的。我一直相信一个人一生中有一天是特别重要的。它可能是一生中的转折点,也可能是整个一生的缩影。乔伊斯的巨著《尤利西斯》写的就是一天(主要是白天)中发生的事情。而这一天又是乔伊斯一生中最重要的一天:他与他妻子第一次约会的日子。而乔伊斯与他妻子的关系对他的美学起到了决定性的作用。你说得对,在《空巢》之中,叙述者经历的那荒诞的"一天"与她经历的荒诞的"一生"有高度的家族相似性。它们共同的关键词都是"上当受骗"。

小说里有两个灵魂意象——四次露面的母亲和两次露面的疯舅舅。借老人与他们在阴阳两界中的对话,你是希望展示她的经历和情感更深的一面吗?

前面说过,如何呈现受害者心理状况的细微变化是这次写作最困难的地方。而这次写作还有另一个难点,就是现实与历史结合的方式。历史中有许多相关的地段是叙述者无法通过自己的记忆进入的。总是在最关键的时刻出现的灵魂意象是小说中现实与历史最关键的结合点。而且,这种结合给小说带来了不可思议的激情:疯舅舅的第一次出现将叙述者从死亡的边缘带回到了世界上,而他在五十年后的第二次出现却将叙述者指向了相反的方向;还有,母亲最后的出现掀起了小说最后的高潮:她最后向自己将近八十岁的"孩子"伸出了手,准备将她带离这个"充满了骗局的世界"。

小说实际上通过老人的故事展现了三代人的命运。特别是老人的母亲,"她没有被时代的变迁压垮,她没有被侮辱压垮,她没有被'没有'压垮。这种坚强一直延续到了她生命的最后一刻"。这是一种对人生的穿透。您想给读者带来怎样的启示?

《空巢》中的叙述者其实与我母亲在精神上有很大的差距。但是,叙述者的母亲却与我的外婆非常相像。我的外婆在社会的最底层经历了中国现代历史上最根本的变化,她经受过许多的磨难和羞辱,却豁达幽默地活到了九十七岁。她的经历和性格给我带来过许多的启示。她让我坚信,精神是不可摧毁的,精神是最终的胜利者。在临终前不久,我的外婆还能够完整地背诵出《长恨歌》等许多古代诗文。在流传很广的《外婆的〈长恨歌〉》一文中,我称她是这个单项上的"中国之最"。的确,在涉及叙述者母亲的文字里,我倾注了自己对外婆至深的感情。

在平时的生活中,小说的叙述者只能从保健品的业务代表和通讯公司的推销人员等人身上获取片刻的"温情"和"亲情"。您写到了老人身边的一些人,包括对她别有用心的人。您对他们的存在持什么态度?

在信息时代和消费社会里,处在产品和消费者之间的促销者当然有他们存在的理由。但是,这些人为了商业的利益过度地入侵私人空间,尤其是老年人脆弱的私人空间,就值得社会警惕。我相信,这种入侵的成功与中国文化中一些不健康的因素有很大的关系。《空巢》并没有谴责这些人。但是从叙述者语言的震颤中,读者可以领悟到空巢老人生活的荒诞和无奈。

在小说的结尾处,老人的眼前出现了一个魔幻的场面,许多人举着"救救老人"的标语,在马路上游行,但是,他们中间却没有任何人注意到近在眼前的需要求助的老人。这样魔幻的场面说明了什么?

很高兴你注意到了这个场面。这好像是不经意的一笔在叙述的链条上却极为重要。它意味着老人失去了最后一次获救的机会,或者意味着老人已经被社会彻底抛弃。当然,这也是老人自我意识觉醒的时刻,"大解放"完成的时刻。等待在这个时刻之后的就是小说悲剧的结尾和高潮。而从另一个角度看,这又是对社会现实的一种反讽和批判。每天都有很多人在高喊着口号,但是他们却不屑于去做与口号相关的实事,甚至他们会去做与口号相反的坏事。这已经是大家司空见惯的现象了。这已经是大家习以为常的"骗局"了。

《空巢》触及到"人口老龄化"这个中国社会的重要话题。您如何看待中国的"人口老龄化"?结合您在海外的经验和见识,又怎么看待其前景?

"人口老龄化"其实是一个国际性的问题,但是在中国它会更成问题。首先因为老年人生活的质量其实在很大程度上可以归结为他青少年时代所接受的教育的性质。正是在这个意义上,我在一次访谈中说,"救救老人"与"救救孩子"其实是同一种吁求。根据我的观察,具有独立精神和自由意志的人比较能够应对年龄老化带来的种种问题。而中国的教育是压抑个性的教育,不尊重独立精神和自由意志。想想看,中国现在七十五岁左右的老人,都是按"螺丝钉"的标准定制的,都是为过去那种上层建筑和经济基础定制的。一旦社会发生转型,这样的"螺丝钉"当然就会要报废。我的意思是说,中国的基础教育已经为中国老龄化问题埋下了隐患。要解决老龄化问题,必须从教育抓起,必须"从娃娃抓起"。

说起在海外的经验,我感受最深的是大多数中国的老人过于依赖家庭和原来的工作单位,他们缺乏多方面的归属感。我住在一个主要是老年人租住的公寓里,我注意到邻居中不少的老人都参与了多种不带任何商业目的的社会活动:这个是美术馆的会员,那个是野生动物保护协会的会员等等等等,他们中的不少人还参与形形色色的国际组织(如大赦国际、绿色和平组织等等)的活动。而且他们这多方面的归属往往发源于他们的中青年阶段。也就是说,他们生命的激情并没有因为自己步入老年而熄灭。这其实就是独立精神和自由意志的一种表现。

您将《空巢》"献给所有像我母亲那样遭受过电信诈骗的空巢老人"。我感觉您更希望身为子女的读者读到这部作品。小说中那位出租车司机的人生感叹很典型,他与父母多少年都没办法相处。他们尽管生活在一起,心理上却相距很远。等到终于"认识"了父母,想跟他们说话的时候,留给双方的时间却已经不多了……这也是您想传达给中青年读者的信息吗?

一代人与另一代人的关系(或者说冲突)是我非常关心的问题。我先前出版过三部长篇小说,包括在大陆有三个版本的《遗弃》和只有台湾版的《白求恩的孩子们》和《一个影子的告别》。两代人之间的冲突在这三部作品中都相当激烈。是的,在一定的程度上,《空巢》更是中青年的读者应该读到的作品。关于自己的父母,我们到底知道多少?这是每一个身为子女的人都应该思考的问题。我们知道与他们相关的一些数据和事实,但是我们知道他们童年时代的委屈和青年时代的迷惘吗?我们知道他们做过的或大或小的坏事吗?我们知道生活在他们的心灵中留下的创伤吗?……我知道,身边的不少人甚至比那位出租车司机更晚才"认识"自己的父母;我知道,身边的不少人甚至永远都没有机会"认识"自己的父母。我不止一次听人说,他们是到了父母的葬礼上才开始思考那个早就应该思考的问题的。

长期在国外生活,离开了母语的大环境,您的写作以及关注的题材是否更加国际化?您还有哪些未实现的人生梦想和写作追求?

我的写作从来都比较国际化,细读《遗弃》就可以看到这一点。小说的主人公是一位热衷于沉思和写作的年轻人。他在日记中留下了对八十年代中期中国社会的独特观察和思考。而他的观察和思考又总是与国际的背景相联。他那些实验性的创作也颇具国际视野。海明威在《丧钟为谁而鸣?》的扉页上引用了英国十七世纪玄学派诗人的诗句,强调了自己的"人类意识"。那一段题记对我有很深的影响。我相信,精神活动从本质上就是国际化的,是属于全人类的。同样,写作从本质上就是对普世价值的追求和发现。正是这种开放的态度让我从来就不满足于任何的"实现"。将近四十年了,我一直在不断地学习写作。写作不断满足我的求知欲又不断激发我的求知欲。我的这种"小学生"心态一直没有变化。每次完成一部作品,我都像是完成了一场考试。对写作的追求是没有止境的。我多次表示要将有限的生命投入到无限的写作之中去。这大概就是我生命的意义。

后记:

这篇访谈发表于 2014 年 8 月 29 日《长江商报》。采访提纲由记者卢欢提供。

《空巢》：八十年历史的"心传"

薛忆沩老师，您的长篇新作《空巢》刚刚进入图书市场，就引起了热烈的反响。在我看来，这几乎是必然的。这部作品通过一位空巢老人由内向外的视角，不但工笔地细绘了一代人价值观形成的精神历程和它被当代消费社会利用和践踏的破碎过程，也勾连了与这代人有着父母关系和子女关系的三四代人的历史与现实。小说时间跨度为整整八十年，可以说是一段中国历史的"心传"。您同意我的这种读法吗？

这是非常准确的读法。《空巢》是一部探测内心世界奥秘的作品，而这内心世界又植根于八十年来中国翻天覆地的历史以及信息时代和消费社会变幻莫测的现实。这部"心传"中的"心"是一颗破碎的心。而价值观的破碎从来都是一面魔镜，它不仅呈现现实的前景，也袒露历史的背景。

你的"工笔"说也很准确。去年，一位法国翻译家（《红高粱》最早的法文译者）在读完《白求恩的孩子们》之后，对我语言的细腻和敏感非常吃惊。她说那是在当代中国文学中缺失的东西。

而《空巢》显然更为细腻和敏感,它"工笔地"触到了内心世界里最隐秘的那些部位。

我们都知道《空巢》的素材来自您母亲亲身经历的电信诈骗。您说您在那之后用三年多的时间完成了对母亲的"精神分析"。您也谈到了《空巢》的灵感来得非常突然,犹如喷发的岩熔。我想知道在接下去具体的写作过程中,您是否碰到了困难?能否谈谈最大的困难是什么,最后是如何解决的?

是的,去年12月25日下午6点,我刚在北京飞往多伦多的加航班机上坐下,灵感的火山就喷发了。在随后的六十四天时间里,我基本上每天都是按部就班地写作:早上四五点钟起来,断断续续地写到晚上六七点钟,每天差不多写八九个小时。整个写作过程没有遇到太大的困难。当然,在精雕细琢老人心理状况的变化和转折的时候,我需要谨小慎微,那种如履薄冰的感觉在从前的创作过程中好像很少出现。还有,我一直预想的结尾是"大便失禁"的场面,而我一直又觉得那不够利索不够有力。没有想到,写到那里,母亲的鬼魂再一次出现,她不仅准备带走自己不想在这个"充满骗局的世界"上活下去的女儿,也给小说带来了一个强有力的结尾。

在写作中,您除了使用亲身经历的素材,是否还采访、了解过其他人类似的案例?

没有,因为在灵感突然喷发之前,尽管我一直在对母亲和他们那一代人进行"精神分析",却从来没有将她经历的那一次电信诈骗写成小说的想法。即使有那种想法,我也不会觉得有必要去了解太多的案例。那是公安人员和新闻记者做的事情。我一直觉得文学与信息量没有关系。文学需要的是洞察力。洞察力让写作者能够以小见大,甚至"于无声处听惊雷"。我是一个对信息充满警惕的人。成堆的信息不仅会消耗我们的时间,还会磨损我们的感觉。我在2012年出版了六部作品,在2013年出版了四部作品,今年除了《空巢》之外,还有一部关于诺贝尔文学奖的随笔集也马上就要出版。我为什么能如此多产?我回答说"这是孤陋寡闻的结果"。这是戏言,又是实话。在信息爆炸的时代能够"孤陋寡闻"真是一种奢侈,一种享受。我很幸运。

《空巢》是一部大悲剧,但是其中却充满了黑色幽默:如邻居"老范"对生活的种种点评,如"儿子"和"母亲"复盘诈骗细节时的对话,如"母亲"因为假"顾警官"的诈骗而对真"顾警官"产生的恐惧……这些黑色幽默事实上更加强了作品的悲剧效果。您在写作中,对"母亲"这个人物所持有的感情是怎样的?你将她当成是自己的"母亲"吗?

黑色幽默是《空巢》重要的修辞特征。其实从开始的便秘到最后的狂泻就是一段完整的黑色幽默。我曾经称《白求恩的孩子们》是"带有喜剧色彩的悲剧",这个评语也可以套用到《空巢》上面。你说得对,黑色幽默更加强了作品的悲剧效果。

《空巢》的叙述是以第一人称完成的。在写作的过程中,我完全进入了角色。也就是说,我没有将叙述者当成是自己的"母亲",而是将她当成了自己。那六十四天里,我就是一个将近八十岁的女人,一个空巢老人。我能够清晰地感觉到"我"的恐慌、"我"的疑惑、"我"的懊悔以及"我"最后的解放,真正的解放。

"空巢"这个词很有嚼头。在作品中,它不仅指向静止的物理空间:老人此刻生活的孤岛,也指向流动的生命过程,老人整个的一生:她的婚姻,她的家庭,她的"一事无成"。它甚至还是一条历史的脉络:"疯舅舅"哼唱的《空巢歌》将幻灭感推到了更为久远的年代,令人揣想中国社会的"空"究竟始于何时?原因又是什么?最后还有一层"空"就是"母亲"的头脑,那里只有被灌输的理念,而没有自我意志,更不用说自由意志。我想,这头脑之"空"正是电信诈骗能够在老人身上成功的关键。上述都是我粗浅的理解,您对此有什么看法?

这是很深刻的理解。在这部"心传"里,"空巢"已经远不再是一个社会学的概念,而是一个充满哲理的具有多层语义的隐喻,它指向历史、指向家庭、指向政治、指向生命……那位左翼青年创作的《空巢歌》具有强烈的虚无主义倾向。它表达的其实就是一切皆空的思想。现实中的诈骗和历史中的欺骗都是对"真"与"实"的掠夺和颠覆。我记得我第一部长篇小说《遗弃》的主人公就对中国社会"欺骗蔚然成风"的状态充满了焦虑。《空巢》用更饱满的方式呈现了那种焦虑。想想这是一个多么黑色幽默的状况:现在越来越多的人拥有了"房产证",同时越来越多的人却变成了"空巢人"。我说过,在一个骗局泛滥成灾的世界里,所有人都是"空巢人"。

古话说,"寿则多辱"。身处老龄化社会,各种现实的问题在毁坏着我们对人的尊严的理解和理想。《空巢》完整地呈现了这一摧毁的过程。它最后喊出了"救救老人"的口号,却又暗示没有人会来救助老人以及老人自救的不可能。难道"离开"是唯一的出路吗?

你前面提到了"自由意志",我想它应该是"人的尊严"的基础。独立的精神和自由的意志是应该能够减少羞辱对人的伤害的。当然,"衰老"是一个相当复杂的过程,它包含我们多少能控制的心理状况的嬗变,也包含我们无法抵挡的生理机能的退化。邻居"老范"说,"可能任何时代都不适合老人生活"。这是大智慧。这是莎士比亚早就用《李尔王》的悲剧向我们呈现过的大智慧。《空巢》不仅工笔地展示内心,还细腻地贴近身体。而反复呈现老人的生理反应,就是要强调衰老的这种复杂性。"救救老人"与"救救孩子"其实是同样的诉求,因为它们都是对欺骗的抗议。当然,"救救老人"应该更加绝望,因为它要克服整整一生的重压,要克服人生全部的荒谬。至于"离开"是不是所有人的唯一出路,我不知道。但是对《空巢》的叙述者,我想是的。

有人认为,小说家应该有一个底线,就是不应该把自己的家人和家事写进小说中去。对此您怎么看?另外,您的母亲看到小说后有什么反应?

想象力是没有底线的。而且因为小说家的生活与艺术很难分开,小说家实际上没有纯粹世俗意义上的家人和家事。将马尔克斯母系的家谱与《百年孤独》中的家谱比较一下就很清楚了。还有更显眼的例子:《尤利西斯》主人公的住址就是乔伊斯一位朋友的住址。而那部小说发生的时间,也就是现在连上海都有人庆祝的"布鲁姆日",是乔伊斯与他的妻子第一次约会的日子。

《空巢》中的许多人物和事件都"纯属虚构",而那些来自生活的人物和事件也都经过了我刻意的肢解和加工,以符合作品本身的美学需要。尽管如此,却有不少的读者"对号入座",认为我写出了他们的经历,也写出了他们的心声。这种回应说明这部作品已经具备普世的价值。

我对母亲的反应一直非常担心,所以直到小说发稿的前夕,才向她揭开隐瞒了三个多月的写作之谜。她的态度出乎我的意料。她一点也没有责备我以她的羞耻为素材。第一次从杂志上通读完小说之后,她也没有什么过激的反应。将近三个月之后,她开始第二次通读。可是读到一半的地方,她突然告诉我,她决定做一件"大事",希望我不要阻拦。她现在就正在做这件大事:她在写自己的回忆录。我笑她这是"东施效颦"。她这样做可能还是在意自己的"清白",想将被虚构"颠倒"的历史重新颠倒过来。

换一个视角来看,我觉得《空巢》也可以说是关于"女儿"和"儿子"这一代"上有老、下有小",又身在千里之外,只能通过电话维系亲情的中年人的悲剧。这一代人的挣扎和无奈在作品的各个章节中都清晰可见。在您看来,对他们最难的事情就像小说中那位出租车司机所说的,是"认识"自己的父母吗?

《空巢》中的"母亲"自己也是《空巢》中的"女儿"。这种对称是小说最重要的结构特征之一。你说得对,《空巢》也呈现了下一代人的悲剧。那位出租车司机就是一个悲剧人物,他刚"认识"父亲,父亲就撒手人寰了。想想我们对自己的父母有多少"认识"? 我们当然应该知道他们的年龄、职业以及他们的一些生活习惯,我们也可能知道他们当过"红卫兵"、斗过"走资派"……但是我们知道他们的腰部有一道伤痕吗？或者知道他们的心上有更多的伤痕吗？代沟是一条鸿沟,哪怕在很和谐的家庭中也是这样。那条深不可测的鸿沟是"空巢"的另一层语义。

后记：

　　这是为上海《文汇报》完成的访谈,采访提纲由记者吴越提供。访谈最后没有刊出。

"留在一个民族心灵上的伤痕"

著名加拿大华裔作家薛忆沩的长篇新作《空巢》由华东师范大学出版社推出之后立刻引起了国内媒体与读者的热烈反应。在刚刚结束的上海国际书展上,这部作品名列本届书展"最受关注新书"榜的第九位,而且是上榜新书中唯一的原创文学作品。

《空巢》以第一人称呈现一位女性空巢老人一生中最特殊的一天。她在这一天遭遇电信诈骗,不仅蒙受了惨重的经济损失,也经历了巨大的心理折磨。在应对惊心动魄的现实的同时,老人不断回忆起自己"空巢"般的一生。现实中的骗局和历史中的骗局相互纠绕,读来令人震撼又唏嘘。历史的维度显然赋予现实题材的小说更为复杂和深刻的意义。《空巢》已经被许多读者视为是"将社会事件升华为小说艺术"的范例。

8月29日,现居蒙特利尔的薛忆沩又一次接受我的采访,详细谈到了《空巢》的创作过程。

薛忆沩,距离上一次对你的采访刚刚一年,祝贺你又出版了一部令人震撼的新作。你将这部作品献给所有像"你母亲"那样遭受过电信诈骗的"空巢"老人。我想知道,你母亲那一天的遭遇是你灵感的唯一来源吗?

是的。我在不久前发表于《文汇报》的一篇文章(《〈空巢〉中的母亲》)中谈到了我母亲遭受电信诈骗那一天的细节以及我这次创作灵感最后突然喷发的奇迹。有评论家说我的写作是"以小见大"的写作。我喜欢也擅长于对尽可能少的素材做尽可能深的挖掘。我想这源于数学和哲学对我的影响。

你曾介绍说,这部作品一共写了九个星期。谈谈当时的写作状态好吗?

灵感是去年12月25日喷发的。当时我刚登上从北京飞往多伦多的加航班机。我现在总是据此开玩笑说,《空巢》是一部"从天而降"的作品。回到蒙特利尔之后,我马上就进入了高度紧张和极为规律的写作过程。到1月27日,我如期完成了初稿。稍歇三天后,我马上又投入了更为紧张和规律的修改过程,直到3月2日。全部的过程超过九个星期。你知道,这个冬天是蒙特利尔近四十年来最冷的冬天,而我创作的狂热与蒙特利尔的严寒形成了强烈的对比。

小说的叙述选用了第一人称。也就是说,你以一位将近八十岁的老妇人的口气来叙事。这里面涉及很多生活细节和心理状态的描述,它们会给写作带来很大的困难吗?

《空巢》是一部"无微不至"的作品。如何呈现老妇人日常生活的细节以及心理状态的变化的确是对写作的巨大挑战。但是,从灵感突然喷发的那一刻开始,我就完全进入了角色,我就完全变成了那个将近八十岁的女性的"我"。这是一种神奇的状态。它能够维持九个星期当然不是一件容易的事。写到最后,写到"我"被她母亲的鬼魂带走的时候,我的确就像是获得了"大解放"。

小说不仅呈现了主人公惊心动魄的一天,也展开了她荡气回肠的一生。其中既有荒诞的历史,也有魔幻的现实。如此丰富的场面,如此密集的情感……而叙述的精准和精致却一如既往。你是如何做到这一点的呢?

这应该要感谢小说的结构。小说由两条主线编织而成。一条是以时间为基准的"一天"的主线,一条是以人物关系为基准的"一生"的主线。这种结构具有强大的张力,足以吸吐密集的情感和丰富的场面。而更神奇的是,小说的这种结构也是圣诞节那天随着灵感一起喷发出来的,也是"从天而降"的。也就是说,我从一开始就走在了正确的方向上。

在主人公的一个梦里,一群遭受过电信诈骗的老人站在一个巨大的舞台上控诉这个"充满骗局的时代"。他们最后异口同声地发出了"救救老人"的呐喊。这句话有什么意义?

这个梦是悲剧走向高潮的一个重要环节。主人公通过它发出了求救的信号,最后却没有看到任何获救的希望。"唯一的出路"就从她的绝望中合理地显露出来了。当然,"救救老人"的呐喊与处在襁褓中的中国新文学发出的"救救孩子"的呐喊也是一种激情的呼应。将近一百年过去了,中国社会里仍然泛滥着太重的"毒",隐藏着太多的"刀"。这是令人悲哀的状况。想起来,文学的呐喊其实真是无济于事。

进入小说,读者很容易发现,你的"空巢"概念比我们平时使用的"空巢"概念要复杂得多。能谈谈小说中"空巢"的象征意义吗?

你说得对,小说中"空巢"的概念非常复杂。它不仅仅是一个社会学的概念,也不仅仅是一个空间的概念,它有历史、政治、时间和身体等多种维度上的意义。它是指历史和现实中形形色色的"骗局"留在一个民族心灵上的伤痕。它是一个悲剧色彩很浓的象征。在"充满骗局的世界"里,所有人都是没有归属的"空巢人"。

《空巢》是你在国内出版的第二部长篇小说,却是你的第四部长篇小说。这次出版对你肯定有非常特殊的意义。你能谈谈这方面的情况吗?

我在《遗弃》之后不久创作完成的《一个影子的告别》和四年前创作完成的《白求恩的孩子们》都不能在国内出版,至今都只有台湾版。也就是说,如果不算前年出版的《遗弃》重写版,我已经有二十五年没有在国内出版过长篇小说。事实上,《遗弃》1989年春天能够在国内出版也非常侥幸。长篇小说好像是我的绝对禁区。在国内,能够享受这种"特殊待遇"的同行应该寥寥无几。《空巢》的出版显然是一个重大的突破,它在我个人的文学道路上具有"划时代"的意义。

你自己对《空巢》有很高的要求,希望它是一部同时具备"古典体格、浪漫气质、现代视野和现实关怀"的作品。小说出版不到一个月,国内的媒体上已经出现了大量的书评和推介,已经是好评如潮。读者的反应中最让你意想不到的是什么?

我原来以为小说的读者会局限在"中老年"的层面上。没有想到,它竟然也会打动许多年轻的读者。上星期,我收到了两份很有分量的采访提纲,他们居然都是出自80后的记者之手。他们都有敏锐的嗅觉和高雅的味觉。精辟的提问说明他们不仅都精读过作品,而且对作品涵盖的许多问题都有相当深刻的理解。这真是令人鼓舞的现象。还有一件事也特别值得一提,深圳《晶报》从7月18日起开始连载《空巢》,每天以一个八开整版(第一天是三个整版)刊登,一共刊登了四十三天,正好今天登完。如此超常的规模在当代新闻出版和文学史上都应该是创下了一个纪录。

你马上还有一本书要出版,是一部与诺贝尔文学奖有关的书。能简单谈谈吗?

去年秋天以来,每次出现与诺贝尔文学奖相关的突发事件,我总是会收到国内一些媒体的约稿邮件和电话。而我在七个月内写出的四篇关于四位诺贝尔文学奖获得者的文章都引起过阅读者热情的关注。其中,4月27日由《深港书评》以五个整版刊发的纪念马尔克斯的长文《献给孤独的挽歌》更是引起了一时的

"轰动"。那是我近三十年写作生涯中从来没有出现过的"轰动"。而当年在为《南方周末》和《随笔》杂志写作读书专栏的时候,我也写过一些涉及诺贝尔文学奖获奖者的文章。它们都是从特殊的角度展开的"借题发挥"的文章:比如关于索尔仁尼琴的那一篇(题为"冷战中的热点"),谈论的其实就是冷战的政治。在等待《空巢》出版的过程中,我正好有一个时间上的空档,于是利用起来,对这一批文章进行了认真的重写,并且将它们编为一集。这就是我今年马上要出版的第二本书。我希望这本小书会让读者更深地理解文学与政治以及作家与时代的关系。

....

后记:

这是一年内第二次接受的加拿大国际广播电台的采访。采访提纲由电台记者梁彦提供。

写作是一种感恩

恭喜您的新作《空巢》登上中国好书榜七月小说榜榜首!除此之外,我们还收集到了《北京青年报》、《北京日报》、《文汇报》、《解放日报》、《南方都市报》、《南方日报》、《羊城晚报》、《晶报》以及新浪网、凤凰网等众多媒体对《空巢》的推荐,这是您之前料想到过的吗?您对这部作品有怎样的预期?

写完《空巢》初稿的当天,我走出"象牙塔",去蒙特利尔的北郊参加一个读书活动。活动开始的时候,有读者问我为什么显得那样疲惫。我的回答是:"我刚刚完成了最新的长篇小说。它应该会是今年国内最受关注的作品之一。"从这个回答可以看出我对《空巢》出版这一个多月以来的"盛况"是有一些预感的。不过,从小说三月初定稿到现在这半年时间里发生了太多的事情,其中不少还是超出了我的预料。比如,深圳《晶报》从7月18日开始,用四十三天的时间,每天以一个八开整版(第一天是三个整版)的篇幅在它的"人文正刊"栏目里全文连载了这部作品。这是一种怎样的激情啊!我从来没有想到过自己的作品能够连载,更不要说以这种创纪录的规模。

除了希望赢得更多的读者之外,我对这部作品本来没有其他的期望。但是两个星期前,一位颇有眼光的评论者告诉我,《空巢》适合改编成一台很有分量的话剧。这种说法让我对这部作品产生了另一种预期。因为我非常崇拜戏剧,我希望以后有人真能够将这"一个女人的二十四小时和她整个的一生"搬上舞台。

能介绍一下《空巢》的写作灵感与写作机缘吗?

"一切都始于2010年9月14日北美时间的深夜。"这是《〈空巢〉中的母亲》一文开始的句子。它道出了这次写作的机缘。那个深夜,我在给母亲的电话中听出了她的异常和恐慌。那是由她接到的那个"从公安机关打来的电话"引起的异常和恐慌。那异常和恐慌就是小说的源头。

在小说中,主人公最后对自己遭受的"电信诈骗"表露过一丝反讽式的感激,她感激生活中的"假"让她看到了生活中的"真"(或者说生活本身的"空")。我与她不同,我宁愿这部作品不存在,也不希望我母亲遭受那样的打击和折磨。

我从来没有想到过要将自己对这一事件的思考和分析变成一部作品。写作的灵感是"从天而降"的。去年12月25日下午6点,刚在北京飞往多伦多的加航AC032班机里坐下,我就奇迹般地进入了角色:我的性别变了,我的年龄变了,我变成了小说中的"我"。小说结构的轮廓和许多的细节如岩浆一样喷射到我眼前的笔记本上。

您的长篇小说《遗弃》曾有过八年间仅有十七位读者的状况,而今天,"薛忆沩"这个名字已然响彻整个文学圈,成为广受好评的知名作者。这其中的转变,除了您个人人生阅历、写作技巧的越发成熟,您觉得还有哪些重要的原因?

写作绝不是一个人的事业,我从来都这么认为。它的成功还取决于"神",也取决于许多其他的人。灵感的"从天而降"就证明了"神"的存在。而其他的人在写作道路上留下的痕迹更是比比皆是。我的每一部作品后面都有不少的故事。我记得所有的鼓励、关爱和支持。有时候,这种鼓励、关爱和支持表现得是那么不经意,它可能就来自一个眼神、一个手势甚至一个玩笑。但是它抓住了我,我抓住了它……从某种意义上来说,写作就是对这一切的感恩。

如果一定要强调"内因",我会想到自己对文学的"狂热"、对写作的"勤奋"以及自己的"那一点点天赋"。还有一个更重要的原因。我每次回国都会因为自己的"孤陋寡闻"闹一些笑话。我发现我的同行们什么都知道:官场的黑幕、明星的劣迹、社会的奇闻等等,而我经常要问他们热议中的"某某某"是谁这一类的低级问题。我的"孤陋寡闻"经常会被大家耻笑。不过现在我很清楚这种"孤陋寡闻"的价值。我在2012年出版了六部作品,在2013年出版了四部作品,今年除了《空巢》之外,还有一部随笔集即将出版。没有"孤陋寡闻",没有专注和沉静,这样的写作高潮是不可能出现的。不久前接受《文汇报》采访的时候,我说在信息泛滥的时代,"孤陋寡闻"是一种奢侈,又是一种"享受"。其实,它更是我的写作高潮迭起的"法宝"。

在异国生活却用母语写作,外部环境与内在精神相冲撞,您是通过什么方式来完成眼前所见与心中所思之间的转换的?您觉得在国外居住生活对您的写作带来了哪些坏处和好处?

我对认知的问题一直怀有浓厚的兴趣,也经常分析自己的认知模式。有很多的问题确实是不得其解。比如我远离了祖国,应该对母语会有疏离之感,但是情况却正好相反:这些年来,我对汉语的感受越来越多,感觉越来越好,感情也越来越深。我不太清楚自己为什么会有如此的幸运。还有,居住在异乡却用母语写作,这表面的冲撞对我不仅没有负面的影响,还有积极的促进。惊人的产量就是有力的物证。相反,回到国内,我却经常能感到外部环境与内在精神的激烈冲撞,去年累计几乎有半年的时间在国内,却什么都写不出来。我希望将来有认知科学家能够对这些奇特的案例做出合理的解释。

我喜欢简朴和单纯的生活、我喜欢在清新的空气里跑步和散步、我喜欢通过不同族群的生活去发现人类生活的奥秘……在国外居住生活对我的写作有百利而无一弊。

您的勤于长跑和写作被广泛知晓。在长跑的时候,您的思维是否持续案头的写作?有没有一些精彩的情节是在长跑中产生的?

长跑的时候我只注意自己的呼吸和速度,大脑基本上处于"空巢"的状态,与写作当然也就断绝了联系。但是,我一直将长跑当成是写作的隐喻。长跑对耐力的要求和对进度的重视对我的写作产生了很大的影响。在蒙特利尔,我有三条比较固定的长跑路线。每条路线又都被我分成用以计时的三段。我的计时精确到秒。每次跑完,我都会将跑完全程的时间和用于每一小段的时间与前一次同样路线的记录进行比较。这种对时间的苛求让我对写作的进度也有了比较严格的掌控。我不仅能够预知叙述的线头每天将会抵达的大概位置,也往往提前很久就能够推测出整部作品完成的日子。而在写得精疲力竭的时候,我也会用自己在长跑中克服困难的激情来鼓励自己。

您如何分配自己的阅读及写作时间?有些小说作者在写作过程中很少阅读,您个人的情况是怎样的?

完全进入写作状况之后,我也是从早写到晚,很少有时间和精力去阅读。这是写作经验中令我最不愉快的一面。看着身边有那么多的好书,却没有时间和精力去翻读,感觉极为痛苦。所以,每次从专注的写作状态中走出来,我总是要用几天的时间去贪享阅读的快乐,弥补写作造成的损失。

您现在正在读什么书?今年读到的最好的书是什么?

我总是同时读很多书,而我正在读的书也经常是我反复重读的书。让我看一下,我的枕头边现在有 George Steiner 的 *My Unwritten Books*(这本书的每一段都会反复引起我的思考),还有 Edith Grossman 的 *Why Translation Matters* 和她翻译的《堂吉诃德》(公认的最好的英译本),还有 Diarmaid MacCulloch 的 *Reformation: Europe's House Divided 1490 - 1700*,还有两本科普著作,James Gleick 的 *Chaos: Making a New Science* 和 Diane Ackerman 的 *A Natural History of the Senses*。我读书读得很杂,而且最喜欢读的是历史书和科学书,好像从来就是这样。至于今年读到的最好的书,实在是很难回答。坏书可能是一样的坏,好书却各有各的好。

您有最欣赏的作家吗?最喜欢他(她)哪部作品?

还是乔伊斯吧。他的语言那样敏感地搭接在意识的深处和生活的细部。他的《尤利西斯》将被莎士比亚经典化和悲剧化了的父子关系问题进一步现代化了。我相信,父子关系是整个上层建筑和经济基础的基础,是整个人类历史的基础,也是文学最本质的主题。

儿童时代读到的第一本非儿童文学读物是什么?对您的人生经历有何影响?

"第一本"已经记不清了。但是,"第一批"应该就是革命导师的作品。那时候,父母的书架上有《共产党宣言》、《哥达纲领批判》、《反杜林论》等等。这些书名就已经为那个年代早熟的孩子们打开了"国际的视野"。而翻开《共产党宣言》,我们还马上就会看到"一个幽灵",而且是一个在大地上"徘徊"的幽灵。如此浪漫的表达,如此魔幻的想象,如此强悍的修辞,它对任何一个有文学慧根的孩子肯定会产生巨大的影响。

后记:
这是我第一次接受网站的采访。访谈于2014年9月10日发表于百道网。采访提纲由百道网记者提供。

"理想主义是文学的基本特质"

据媒体报道,《空巢》中的"电信诈骗"是2010年9月15日发生在您母亲身上的事。2013年12月25日,在从北京到多伦多的飞机上,您的灵感突然迸发,开始了这部作品的创作。《空巢》可以说是一部充满"偶然性"的作品。您如何看待自己文学道路上这最新的标记?

我的文学道路上的确充满了偶然性。比如我经常告诉大家,短篇小说《出租车司机》的巨大成功出自一次小小的电脑操作错误。但是,这种偶然性在许多评论家看来也是必然的。"电信诈骗"每天都在发生,几乎波及所有的中国家庭,而我从母亲遭受的灾难中看到了现实与历史的关系,看到了生命的哲学意义。这与我一贯的视角相吻合,这就是必然。《空巢》继承了我的文学风格,保持了我的文学水准,它是我的文学生命合理的延伸。圣诞节那一天灵感的突然迸发也同样有充分的理据。我在发表于《文汇报》的《特殊的"同学聚会"》一文中已经谈到过这一点了。

您曾经说过,自己始终是文学的一分子,只是与普通读者一直有一点距离。这是为什么?

我与普通读者之间的距离在很大程度上是我与"文学界"之间的距离造成的。我是一个虔诚的写作者,一直将文学视为宗教,但是,在将近四分之一个世纪的时间里,我一直处在"文学界"的边缘。普通读者的阅读是具有极大惯性的,他们习惯于关注处在文学界中心的那些作家。当然,最近这三年来,我与普通读者的关系在慢慢地发生变化。这与"文学界"对我的逐渐接受也应该有一定的关系。

《空巢》出版后获得了极大的反响和极高的赞誉,这似乎更拉近了您与普通读者之间的距离,这一点您在写作的过程中是否已经料到?在您看来,是《空巢》中哪些东西打动了读者?

在写作的过程中,我已经意识到《空巢》是一部拉近我与普通读者距离的作品,我甚至对它后来获得的反响和赞誉也有一点预感。《空巢》是一部贴近生活和生命的作品,是一部有深度和有情怀的作品,这些应该是它打动读者的主要原因。当然,它情节紧凑、语言流畅、结构严谨,我想这些特点也是它能够抓住读者的原因。

您谈到过这部作品使用第一人称的原因——您需要直接进入老太太这个角色。但是,小说的文字读来冷静、精准,条理和逻辑也非常清晰,并不像一个八十岁老太太应有的思维和口吻。您怎么解释这一点?

在你的这个问题之前,已经有几位读者对我的女性"第一人称"提出过质疑。不过,我不认同他们的看法。小说是突破"应有"的成见和陈词滥调的艺术,是再现多种"可能性"的艺术。我自己的生活中有不少的"80后"老人说起话来极为冷静精准,条理和逻辑也非常清晰。精准和条理既是我的风格,也是《空巢》的叙述者必须具备的特质,因为整部作品要呈现"电信诈骗"受害者极为复杂的心理状况以及与之相关的极为复杂的历史渊源。事实上,是我母亲在经受诈骗之后的那种精准和逻辑的反应为叙述者的口吻定下了基调。很有意思的是,那种精准其实是混乱的,那种逻辑其实也是不合逻辑的。"上当受骗"的灾难总是通过这种极端的矛盾来呈现人生的虚无和荒谬。

提到小说语言,我记得大家总是说您对语言极为痴迷,"力图将数学的精准与诗意的浓密融为一体"。您在创作的过程中是如何将客观和主观或者理性与感性这两股力量和谐地结合在一起的呢?

我相信写作是需要天赋的事业,能够将理性与感性这两股力量和谐地结合在一起可以说是一种天赋。而除了天赋之外,我的这种文学特质也与后天的训练和努力有很大的关系。我是"工科生",本科毕业于北京航空学院计算机科学与工程系。数学是我的挚爱。另一方面,诗歌又是我最早的文学创作体裁,也是我至今仍然崇敬的文学体裁。严格的训练让我的文学感觉总是处于数学与诗歌的接合部。而我经常"重写"自己的作品,这种狂热的文学实践也让我更加迷恋精准与诗意相结合的奥秘。

《空巢》和您以往的长篇小说(比如《遗弃》和《白求恩的孩子们》)不同,它是直接贴近现实的作品。您在媒体采访中称,"《空巢》让我的文学生命更为成熟,它让我能够将自己的文学理念运用在自己构建的这个作品的框架当中"。请谈谈您的文学理念。

我相信文学是要有一定的担当和责任的。因此,在我看来,理想主义是文学的基本特质。对现实和历史的批判使《空巢》具有强烈的理想主义倾向。另外,我也相信文学要用语言挖掘日常生活中的诗意,《空巢》向生活细节(包括便秘和小便失禁之类的难言之隐)的逼近让我看到了汉语更深的表现力。

周国平先生对您的评价很有意思,他说您"不属于文学界",

"因为"您"只属于文学"。这个评价应该怎样理解？您认同吗？

"文学界"是一个世俗的利益集团。而文学是神圣的,是不需要与利益直接挂钩的。"属于文学界"的人往往会比"只属于文学"的人更在意业内的人际关系以及文学能够带来的世俗利益。我认同这种评价中的激情和理想主义倾向。但是,一个属于文学的人多少也总是要属于文学界的。比如像我这样一个从来没有加入过作家协会的人,也多少要与文学界发生这样那样的关系,比如我发表作品的许多文学期刊都是属于作家协会的。从这个角度看,将文学与文学界完全对立起来并不是一件容易的事情。

您说过,《空巢》这部作品震撼人的地方就在于,一个女人脆弱的生命通过一个意外的事件获得了很多对生活的认识。这是否是您在《空巢》中探讨的哲学问题？这个问题最终指向何处？

人与世界和历史的关系一直是我的文学中的主要问题。在《空巢》中,这个"人"更被具体化为一个脆弱的女人,一个将近八十岁的女人。而"空巢"成为了她整个一生的写照,也成为了她生活于其中的世界和她所经历的历史的隐喻。在小说中,"空巢"不再是一个空间的概念,更是一个时间的概念。一位学者称,"空巢"也许会像"荒原"一样成为一个特定时代的象征。这象征指向生活的最深处。它掏空了生活的意义。

《空巢》中的"空巢"和"电信诈骗",也是时下两个热点社会问题。您多次说过,文学是要有社会担当的。您希望这部作品有怎样的社会担当?

小说首先是一种艺术,它实现社会担当的方式是非常复杂的。《空巢》触及到了社会的热点,但是它并不是像一般的作品那样简单地处理这些热点,而是通过哲学和历史的维度呈现纠缠在这些热点中的更深的问题,比如代与代之间的关系问题,比如生命的意义问题,比如个体生命与社会迁变的关系问题……这些都是与人性密切相关的问题。作为一部具有强烈悲剧色彩的作品,《空巢》在让读者看到生命的无意义的同时,更希望让读者去思考这种"无意义"的根源。它因此也就带上了强烈的理想主义倾向。这种理想主义可以说就是这部作品的社会担当。它希望生活能够走出络绎不绝的骗局,走出无孔不入的"空巢"。

后记:
这篇访谈发表于 2014 年 11 月 26 日的《乌鲁木齐晚报》。采访提纲由记者李卿提供。

文学的根基

在《一个年代的副本》中,你这样谈及数学对你写作的影响:"数学教给我节制和逻辑,我相信这是文学的根基。"可以具体说说这种节制和逻辑是怎么影响你的写作的吗?

短篇小说《出租车司机》中有两段涉及到男女关系的对话经常被评论家称赞。它们都很含蓄,没有赘笔。其中那一段通过手机完成的对话中,对方的应对都完全被省去。这样做不仅没有局限叙述的空间,反而令空间更加开放。这两段对话可以作为我写作中节制的实例。逻辑的实例也非常多。短篇小说《首战告捷》第一句话的重写就是其中之一。重写之前,它告诉读者,将军指示吉普车转入一条"狭窄的土路"。这当然有原来的那条路不是"土路"的暗示。对于一个解放初期的故事,这当然是一个错误的逻辑暗示。重写之后,这句话被改成了"更窄的土路",暗含的逻辑错误被巧妙地纠正过来。

你是先喜欢上数学,还是先喜欢文学?数学是否会影响你的文学喜好?

我相信每一个命中注定的写作者在儿童时代都会有一个自发的海量阅读期。我的那个阅读期发生在我十岁的时候。那时候,我对数学还没有特别的感觉,因此你第一个问题的答案应该已经清楚。数学当然会影响我的文学喜好。我会喜欢与我有类似偏好的作家和学者,如卡尔维诺和乔治·斯坦纳。

为什么当时对《哥德巴赫猜想》那么着迷?

现在,大家都着迷"公关",而在二十世纪七十年代末到八十年代中的那一段时间,"攻关"是中国社会的激情。《哥德巴赫猜想》一文激起了整整一代中国人对精神生活的敬意和对攻克知识难关的狂热。我现在仍然在狂热地攻克写作的难关,仍然对精神生活怀着至高无上的敬意,这也许部分地可以归功于那篇报告文学的影响。

你的美国文学教授称你的作品"既贯穿着数学般的精确又洋溢着浓郁的诗意",你是如何达到这种语言的精准的?在你看来,什么样的语言才叫做精准的语言?

这句话是教授对我的短篇小说《老兵》英译版的评价。语言

文学的根基 _277

的精准一方面是反复练习的结果;另一方面,它与我长期以英语作为阅读的语言应该也有关系。不同语言之间的冲撞会让大脑对语言的精准更有感觉。

在我看来,精准的语言就是没有语义冗余的语言,是直抵事物中心和情感中心的语言。它其实是一种理想的状态,只可以不断地接近,不可能最终抵达。

之前有采访说,你会通过做数学题来舒缓大脑疲劳,是真的吗?现在写作累了也会做数学题?

偶然会是这样。那其实只是为了换一下脑子。读科普书也有同样的作用。我很喜欢读科普书。

你是一个细节控,对于喜欢的作家,你会记住他们的出生日期等重要的数字,这一点是否跟你的理工科背景有关?

很有可能。但更重要的应该是天赋的因素。我是一个极其善于观察的人,从小就这样。我的头脑中储存了无数"生活中的细节"(我第一次获奖的小说就题为"生活中的细节")。而且,我很善于在这些细节之间做天马行空的联系。这种联系是我写作的一个特点。

你大学学的是理工科,为什么会这样选择?最后又为什么还是选择了文学?

那时候,成绩好的学生都去学理工科。那是当时的时尚。最后……还是只能去寻找宿命论的解释。文学是我的宿命,或者说是文学选择了我。

除了数学,爱因斯坦的相对论是怎样影响你的?

我在十三四岁的时候迷上了爱因斯坦和相对论。有一段时间,我每天晚上都要攻读从一位技术员家里"偷"来的那本《狭义与广义相对论浅说》。后来,我又如痴如狂地读爱因斯坦的传记和许良英先生主编的《爱因斯坦文集》。相对论让我崇拜时间,也让我敬畏宇宙。这好像为我后来读博尔赫斯的小说奠定了心理的基础。

媒体称你是中国文学界最迷人的"异类"。"异类"的角色是否跟你的理工科背景有关?与其他作家交流的过程中,是否会觉得你们思考的角度不太一样?

所有的标签都是肤浅的,就像所有的荣誉一样。从《遗弃》到《空巢》,我用四分之一个世纪的时间走了一条几乎没有人走过的文学道路。理工科背景只是影响我文学道路的一个因素。我跟其他作家的交流不多。只要面对的是一个虔诚的写作者，我并不会感觉自己与他(或者她)有太多的不一样。

你似乎一直向往"极简"，无论生活还是写作，是吗？为什么？

是这样。这就是数学的影响。在数学中，一个庞大的体系总是建立在"极简"的假说和公理之上的。用最少的资源取得最好的效果，这在写作上要求有非凡的功力，而在生活上又有利于环保，是一种理想的追求。

....

后记：

这是 2015 年完成的第一篇访谈作品，采访提纲由《新快报》记者梁静提供，访谈的节本发表于 1 月 15 日的《新快报》。

图书在版编目(CIP)数据

薛忆沩对话薛忆沩:"异类"的文学之路/薛忆沩著.—上海:
华东师范大学出版社,2015.5
ISBN 978 - 7 - 5675 - 3639 - 5

Ⅰ.①薛… Ⅱ.①薛… Ⅲ.①随笔-作品集-中国-当代
Ⅳ.①I267.1

中国版本图书馆 CIP 数据核字(2015)第 113237 号

薛忆沩对话薛忆沩——"异类"的文学之路

著　　者　薛忆沩
责任编辑　朱华华
审读编辑　朱　茜
责任校对　王丽平
封面摄影　李林冬
装帧设计　卢晓红

出版发行　华东师范大学出版社
社　　址　上海市中山北路 3663 号　邮编 200062
网　　址　www.ecnupress.com.cn
电　　话　021 - 60821666　行政传真 021 - 62572105
客服电话　021 - 62865537　门市(邮购)电话 021 - 62869887
地　　址　上海市中山北路 3663 号华东师范大学校内先锋路口
网　　店　http://hdsdcbs.tmall.com

印 刷 者　上海中华商务联合印刷有限公司
开　　本　787×1092　32 开
印　　张　9
字　　数　170 千字
版　　次　2015 年 7 月第 1 版
印　　次　2015 年 7 月第 1 次
书　　号　ISBN 978 - 7 - 5675 - 3639 - 5/I · 1376
定　　价　39.80 元

出版人　王　焰

(如发现本版图书有印订质量问题,请寄回本社客服中心调换或电话 021 - 62865537 联系)